Un Indien
dans la ville

Castor Poche
Collection animée par
François Faucher, Martine Lang et Soazig Le Bail

Une production de l'Atelier du Père Castor

ÉRIC LE NABOUR

Un Indien dans la ville

Castor Poche Flammarion

1

– Vous êtes vraiment sérieux ? questionna Stéphane Marchado.

Maître Bernard Voisin, avocat à la cour, referma l'éventail de ses grandes mains molles en soupirant d'une haleine tabagique, tandis que son œil s'engluait dans une distance laiteuse.

– Tout à fait sérieux, monsieur Marchado. Votre seul espoir de divorcer et de vous remarier légalement avec mademoiselle Charlotte d'Antilly est de retrouver votre ex-épouse et de lui faire signer les papiers nécessaires à la mise en route de la procédure légale de divorce.

Stéphane Marchado remua d'impatience dans son fauteuil Voltaire au tissu élimé qui menaçait, à chaque mouvement de fesses, de rendre l'âme. Le cabinet de l'avocat fleurait aussi bon l'encaustique et les vieilles reliures que celui d'un notaire de province, mais empestait le cigare et une odeur plus subtile, un peu écœurante, qui ressemblait à un parfum de lavande.

– Vous comprenez ? insista maître Voisin.

– Mais, elle vit en Guyane, en Amazonie… Je ne sais plus, moi… Dans une tribu d'Indiens… Des Chiwawas ou quelque chose comme ça !

Imperturbable, maître Voisin encensa de sa grosse tête ronde dont le crin jaune qui lui tenait lieu de chevelure balayait en mèches folles deux oreilles détumescentes. Semblable au bidet du Béarn monté par d'Artagnan lors de son entrée dans le bourg de Meung.

– Eh bien, dans ce cas, vous devez aller en Amazonie, fit-il d'une voix de rogomme.

– L'Amazonie ?… Mais qu'est-ce que j'irais foutre en Amazonie ?…

– En Guyane, avez-vous dit ?

– Guyane… Amazonie… c'est kif-kif, grommela Stéphane Marchado, exaspéré.

L'avocat l'examina avec une circonspection bienveillante.

Avec sa quarantaine dynamique, ses cheveux bruns coupés court sur la falaise du front, son visage énergique aux traits réguliers, sa silhouette de jeune premier gagneur et ses yeux bleu lagon de séducteur impénitent, Stéphane Marchado ne ressemblait pas franchement, en effet, à un aventurier prêt à affronter les bataillons de moustiques et les flottilles de piranhas de l'Orénoque. Tout au plus aurait-il pu faire bonne figure dans une descente de raft pyrénéen ou dans un concours de surf sur la plage de Biarritz.

– Très franchement, conclut malgré tout maître Voisin, je ne vois pas d'autre solution. Le mieux serait même que vous preniez contact avec un confrère sur place afin d'effectuer les recherches préalables. Je lui communiquerai naturellement par fax les documents encore en ma possession.

– Très bien, maître, admit Stéphane Marchado à contrecœur...

Comme l'avocat redressait son imposante silhouette aux rotondités rabelaisiennes, Stéph se résolut à prendre congé. En partant, il dut vaincre sa répugnance à serrer la grande main qu'il lui tendait, aussi moite que de la mie de pain trempée. Comprenant trop tard que maître Voisin attendait son obole. Celui-ci empocha le billet de 500 francs sans le moindre état d'âme.

Stéphane se jeta dans l'escalier.

Dehors, sur le boulevard Malesherbes, la pluie tombait en rafales comme à 7 000 km de là, sur l'Orénoque. Une averse d'été, serrée, chaude et brutale, qui suscitait une floraison de parapluies sur les trottoirs.

Il releva le col de sa veste et courut vers la BMW bleu métallisé garée non loin de la place Wagram. Il aperçut au dernier moment la contractuelle en train de verbaliser.

– Oh, non !... s'égosilla Stéphane. Ça fait la troisième fois depuis ce matin...

La jeune femme en uniforme leva à peine le menton, tout occupée à griffonner sur sa carte-lettre en essayant de se protéger de la pluie.

– Vous n'aviez qu'à mieux vous garer, assena-t-elle d'une voix aigrelette.

– Comment ça, mieux me garer ?… Vous avez vu cette chiotte devant ma BM ?… C'est à cause d'elle que j'ai dû empiéter sur le passage clouté !

Cette fois, la contractuelle consentit à arrimer ses yeux pervenche aux siens. Puis, d'une voix plus assurée :

– Il se trouve que cette chiotte, comme vous dites, est MA voiture, cher monsieur !…

Inutile de s'embourber davantage. Il arracha presque la contravention des mains de la jeune femme, et, rageur, grimpa dans la BM.

Lorsqu'il fut à l'abri, son premier réflexe fut d'extirper son téléphone cellulaire de la boîte à gants et d'appeler Charlotte. Mais, à peine eut-il composé le numéro qu'il interrompit la communication.

Après tout, la mauvaise nouvelle pouvait attendre un peu.

Il entrouvrit sa glace.

L'entretien avec le notaire avait ravivé tout un tas de souvenirs qu'il s'était efforcé de remiser dans un coin de sa mémoire.

Treize ans déjà…

Longtemps, il demeura immobile, à rêvasser, tandis que la contractuelle s'éloignait d'un pas nonchalant sur le trottoir, à la recherche d'un autre contrevenant. À dévider dans sa mémoire le film de ces treize dernières années. Depuis que Patricia, après un an de mariage à peine, avait pris la décision de quitter le domicile conjugal sans daigner lui donner la moindre explication.

Il l'avait rencontrée au musée Guimet, entre deux statues khmères. Elle était blonde, avec une frange adorable qui lui coulait sur le front, des yeux limpides d'enfant boudeur, des taches de rousseur un peu partout sur le visage, semblable à un ciel piqueté d'étoiles. Elle étudiait l'histoire de l'art et les civilisations amérindiennes, habitait une petite chambre de bonne dans le 14e arrondissement, métro Alésia. Elle sentait bon le chèvrefeuille. Il l'avait éblouie par sa faconde, sortant d'HEC. Elle n'avait jamais quitté l'Hexagone, il l'avait épousée lors d'une pré-lune de miel à Caracas. Oubliant simplement l'essentiel : ses vingt-trois ans, et sa peur viscérale de s'engager pour la vie.

Il avait compris trop tard. Fille d'une famille de cinq enfants, Patricia avait dû avoir peur de recréer une cellule familiale avant d'avoir suffisamment vécu, de retomber dans le piège « mère au foyer et pondeuse de petits Marchado ». Mais tout de même ! Sans laisser la moindre lettre, pas le plus petit début d'explication…

Ce mutisme lui avait longtemps rongé le cœur. Jusqu'à ce que lui parviennent les premières lettres où elle expliquait que, passionnée d'ethnologie, elle vivait désormais dans une tribu d'Indiens du côté de la Guyane. En vingt pages chaque fois, elle lui avait tracé un portrait enthousiaste de la tribu, de ses mœurs, de la façon dont on confectionnait un arc, dont on s'enduisait le corps de roucou[1] pour

1. Le roucou est une substance végétale de couleur rouge. Quant au cachimbé, il s'agit d'une simple pièce de tissu que l'on porte nouée entre les jambes.

partir à la chasse, et dont on prenait une cuite les jours de fête avec de pleines calebasses de cachiri, un alcool local fabriqué avec des tubercules de manioc. Toutes choses dont il se fichait éperdument. Il avait eu le tort de le lui dire. Elle avait cessé d'écrire. Il attendait autre chose d'elle.

Blessé à mort, Stéphane s'était alors jeté à corps perdu dans les affaires en compagnie d'un associé, Richard Montignac, le fils d'un chausseur du quartier du Sentier. En quelques années, il était même devenu un spécialiste notoire des marchés asiatiques. Sans trouver pour autant l'apaisement qu'il recherchait depuis le départ de Patricia.

Jusqu'au jour où Charlotte d'Antilly, la fille d'un célèbre avocat de l'avenue Foch et d'une demi-mondaine complètement hystérique, avait fait irruption dans sa vie comme un setter irlandais dans un jeu de quilles. Grande, blonde, superbement racée, une voix de cristal, excentrique en diable, elle avait tout bouleversé sur son passage, générant autour de lui un tourbillon de folie comme il n'en avait jamais connu.

Un an seulement lui avait été nécessaire pour faire voler ses défenses en éclat. L'arrachant à ses affaires, elle l'avait, tour à tour, initié à la peinture vénitienne du XVIIIe siècle, à la culture du ver à soie, à l'enfance autiste – son jeune frère était hélas atteint de cette terrible maladie –, à la permanence du celtisme dans la civilisation basque, ou encore au bouddhisme zen et à la cuisine macrobiotique du professeur Osawa… Difficile à suivre à la longue, un peu casse-pieds, mais si pleine de charme qu'il finissait toujours par tout lui pardonner.

Excepté cette période zen qui semblait se prolonger dangereusement…

La pensée de Charlotte le ramena, par un long détour, à Patricia. Les deux femmes, aux extrémités de sa vie amoureuse de ces treize dernières années, se ressemblaient si peu…

Il pianota de nouveau sur le clavier du téléphone cellulaire.

La sonnerie vibra un court instant dans un no man's land désespérant. Puis, une voix flûtée répondit, enregistrée sur bande magnétique :

– Vous êtes bien chez Charlotte d'Antilly et Stéphane Marchado, nous ne sommes pas là, nous sommes évidemment ailleurs. Mais, afin de ne pas troubler votre karma et le nôtre par ignorance, veuillez nous laisser un message afin que nous puissions vous recontacter… Sayonara !

Stéphane crispa les mâchoires tout en actionnant le démarreur. Charlotte avait encore modifié le message enregistré sur le répondeur. Il se promit d'y mettre bon ordre en rentrant. Sans quoi les clients auxquels il avait confié son numéro personnel le prendraient pour un baba cool attardé.

D'un autre côté, il était soulagé d'être tombé sur le répondeur. Charlotte allait probablement lui faire une scène d'enfer dès qu'il aurait franchi le seuil de l'appartement.

Il attendit le bip sonore.

– Charlotte, c'est Stéph… Je rentrerai de bonne heure… Mais, il faut que je te dise, j'ai vu maître Voisin… Il n'y a pas d'autre solution. Il faut que j'aille en Amazonie !

– En Amazonie ?
– Enfin, pas loin de la Guyane…
– Ce n'est pas pareil ?
– Pas tout à fait !
– De toute façon, j'ai toujours été nulle en géo ! À l'école, je confondais déjà les chutes du Zambèze et celles du Niagara.

Stéphane Marchado eut une mimique d'impatience et faillit ajouter que lui ne les confondrait certes pas avec sa chute de reins. Mais il préféra jouer la sobriété plutôt que l'humour. Charlotte le consommait avec modération.

– Les Chiwawas… Enfin, les Indiens en question, vivent dans la forêt guyanaise, Charlotte, pas en Afrique.

– De là où ils font partir les missiles ?
– Des fusées !
– Si tu veux, mon amour… C'est loin, non ?
– Je sais… Si tu crois que ça m'amuse !

Assise sur le canapé signé Claude Dalle, simplement vêtue d'un déshabillé de soie mauve à bretelles, Charlotte regardait Stéphane faire les cent pas à travers le salon design de leur cinq-pièces de l'avenue Élisée-Reclus.

Ses yeux clairs, sourcils froncés, escortaient la déambulation mécanique d'un air furibond. Pendant quelques secondes, elle resta muette. Puis, soudain, comme une bombe à retardement, elle explosa :

– Tu ne vas tout de même pas me dire que tu vas devoir te taper 7 500 km pour faire signer des papiers à une pétasse qui t'a larguée il y a treize ans pour aller étudier la façon dont copulent les Indiens chiwawas...

Stéphane stoppa un instant son va-et-vient, enfonçant un regard d'orage dans les yeux de Charlotte.

Et ce regard eut le don de faire sourdre en elle un immédiat sentiment de culpabilité.

Elle finit par lever une main apaisante.

– OK ! OK !... Inutile en effet que j'aggrave mon karma pour une pétasse vivant à l'autre bout de la planète. Restons calmes... Puisqu'il faut de toute façon en passer par là pour nous marier... Quand pars-tu ?

– Dans deux ou trois jours... Plus tôt je serai rentré, et mieux ça vaudra.

– Ah !... Enfin une parole sensée ! soupira la jeune femme... Je vais préparer tes affaires... Quel temps fait-il chez les sauvages ?

– Chaud... Enfin, je suppose... Avec des pluies de temps en temps...

– Chaudes ou froides ?

– Quoi ?

– Ben... les pluies !

Silence consterné de Stéphane.

– Bon, enchaîna Charlotte sans se démonter, je te mettrai un K-Way et tes bottes de bateau si tu veux ?…

« Et pourquoi pas ma brassière de sauvetage pendant qu'on y est ?… » maugréa Stéph intérieurement.

Il se sentait sur des charbons ardents. L'idée de partir à l'autre bout du monde, de revoir Patricia, d'abandonner momentanément Paris et ses affaires ?… Les trois peut-être. Mais il remarqua que, dans cette inquiétude, l'absence de Charlotte n'entrait vraiment que pour une part infime, un peu comme par effraction.

Plutôt embarrassant pour un futur jeune marié !

– À quoi penses-tu maintenant ? demanda Charlotte de son sofa.

Elle avait fermé les yeux, et, assise en tailleur, se forçait à respirer profondément, gonflant et rétractant l'abdomen selon une technique japonaise de self-control. Sa poitrine, peinant à suivre le rythme, faisait saillir le déshabillé de soie dont le mauve assez doux mettait en valeur sa pâle blondeur.

– Viens près de moi ! ordonna-t-elle en conservant les paupières closes…

Stéphane Marchado s'exécuta. Les bras longs et fins de Charlotte d'Antilly se refermèrent autour de son cou. Elle écrasa ses lèvres contre les siennes en un long baiser fougueux. Puis, rouvrant les paupières sur un panorama bleu plus sévère où se rétrécissait la pupille :

– Jure-moi quelque chose…

– Quoi donc ?

– Que tu ne prendras pas de cuite au cachiri et que tu n'abuseras pas de la liberté sexuelle des Indiennes… Il paraît que là-bas, les femmes font l'amour dès l'âge de douze ans, et qu'elles crachent dans les boissons fermentées.

– Je te le jure, soupira Stéphane.

Une promesse qui ne devrait pas être trop difficile à tenir.

Au moins pour le cachiri…

2

Le cri du hocco explosa entre les arbres, catapulté vers les cimes touffues au-delà desquelles se devinait un ciel plombé. Guttural et familier. Puis, rebondit dans l'espace avant de frapper les oreilles du jeune Indien wayana qui banda son arc.

La pluie avait cessé de noyer la terre et de gonfler les eaux du fleuve, laissant place à une touffeur presque insupportable.

Autour de Mimi Siku, l'épaisse forêt vierge se referma dans un bruissement sombre et parfumé. Il épongea son front d'un revers de main. Lécha sa sueur. Amère sur la langue.

La chaleur, depuis l'aube, était devenue obsédante, transformant le corps en une espèce d'éponge imbibée. Même le roucou dont il s'était enduit de la tête aux pieds, avait du mal à ne pas

se liquéfier sur sa peau moite, simplement couverte jusqu'à la taille d'un cachimbé. À deux pas
de lui, une mouche suceuse de sang décolla dans
un éclatement de pétard mouillé, tandis qu'un
groupe de singes hurleurs prenait le relais du
hocco, poussant des cris déchirants, audibles à dix
kilomètres.

Tous sens aux aguets, l'adolescent abaissa son
arc, puis fouilla du regard l'épaisse végétation à la
recherche du volatile noir à bec jaune qui le nar-
guait du haut de son perchoir.

Mit plusieurs secondes à le localiser, dissimulé
derrière un petit amas de branchettes feuillues, à
sept ou huit mètres du sol. Releva lentement son
arc bandé. En haut, l'oiseau ne bougeait toujours
pas, mué en statue de plumes et d'os. Presque
invisible à cause des lianes enlacées.

Mimi Siku ferma un œil et visa avec soin la
petite masse noire qui se confondait avec les
branches.

Le gloussement d'une perruche accompagna la
mort du hocco.

La flèche du jeune Indien wayana atteignit
l'oiseau en pleine tête. Jetant un piaillement bref,
le hocco s'effondra en tournoyant jusqu'à percuter
le sol moussu avec un bruit mat. Mimi Siku
poussa un cri de victoire que reprirent en écho les
singes hurleurs, littéralement déchaînés.

Il n'avait rien mangé depuis l'aube, depuis son
départ du village wayana, à quelques kilomètres en
aval sur le fleuve, et ce hocco tombait vraiment à
pic. Il s'empressa de le ramasser, d'extraire la flèche,

et rebroussa chemin vers la rive du fleuve Oyapock où il alluma un feu pour le faire rôtir sur une claie de rondins hâtivement taillés à la machette.

L'opération prit un assez long moment avant qu'il pût mordre dans la chair ferme. Boucanée, la viande du hocco était encore meilleure et pouvait se conserver assez longtemps.

Durant plusieurs minutes, il demeura ainsi, immobile, assis sur ses talons, complètement attentif à cette mastication solitaire.

Sans penser à quoi que ce soit. Simplement être là, à manger du hocco. En guerrier wayana de douze ans, aux muscles déjà durs comme de l'acier, et qui n'a besoin de personne pour assurer sa subsistance.

Jusqu'à ce détail insolite qui finit par éveiller son attention.

Ça ne l'avait pas frappé tout de suite, mais son oreille, plus sensible qu'un récepteur électronique, avait capté quelque chose d'anormal. Les cris des singes hurleurs… Ils ne se manifestaient d'ordinaire qu'au lever et au coucher du soleil. Or, le soleil, à cette heure de la journée, était à son zénith. Il pensa à un jaguar. Mais ce ne pouvait être la raison de l'étrange silence qui s'était installé.

Autour de lui, la forêt semblait avoir suspendu sa respiration. Plus aucun bruit. Ni râle de hocco, ni cri de singe hurleur, ni jacassement de perroquet, ni feulement de jaguar. Un silence vide et angoissant, seulement rompu par le chuintement régulier du fleuve.

Ce n'était pas normal, un tel silence.

Intrigué, Mimi Siku se leva doucement et, glissant sur la plante de ses pieds nus, se rapprocha de l'Oyapock qui miroitait tel un long ruban asphalté.

Il avait cessé de mastiquer et laissait fondre la chair du hocco dans sa bouche, espérant quelque bruit susceptible d'entrer en lutte avec l'invraisemblable mutisme de la forêt.

Paralysé, il attendit quelques instants que la vie voulût bien se remettre en marche. Tout comme une machine tombée en panne et qui, une fois réparée, pétarade au quart de tour.

Mais ce fut un grondement effroyable qui, tout à coup, ébranla la jungle, faisant trembler le sol comme s'il s'était agi d'une vulgaire cabane sur pilotis.

Tout autour de lui, la forêt équatoriale se mit à vibrer à l'unisson du fleuve, secouée par des esprits invisibles.

Effrayé, Mimi Siku battit en retraite vers l'intérieur de la jungle, comme si le fleuve allait brutalement déferler sur les berges. Un souffle malin passait dans les arbres, faisant frémir les grandes feuilles dégoulinantes de pluie.

Droit devant lui, le jeune Indien wayana aperçut alors un engin monstrueux et crachant des flammes qui s'élevait dans le ciel à la verticale, projetant sur les arbres un faisceau de lumière rouge et ocre à faire pâlir de terreur tous les esprits de la forêt.

Et l'engin semblait partir à la conquête des étoiles chevelues.

De ces étoiles où le vieux chef Mouloukou lui avait dit que dormaient les âmes des grands ancêtres...

Dans l'immense salle de contrôle de la base spatiale, les techniciens s'affairaient, surveillant sur leurs écrans la trajectoire régulière de la fusée *Demeter*.

Quelques secondes de bonheur après des mois de souffrance. Visages crispés, malgré tout. Extraordinairement silencieux. Avec au fond du cœur une horloge égrenant les secondes fatidiques sur un tempo de stress... Trois, quatre... sept... huit... onze !

Pour l'essentiel, tout avait l'air de se dérouler parfaitement depuis la mise à feu. Bientôt, la fusée dépasserait la stratosphère et s'enfoncerait dans l'espace pour une mission scientifique de près de deux mois, aux approches de Vénus.

– Nom de Dieu ! s'exclama soudain un technicien antillais dans son micro-casque, il y a une perte de vitesse dans le moteur principal...

– De combien ? interrogea la voix d'un ingénieur.

– De 15 % au moins.

Joseph Langevin, responsable des opérations, se rua sur son écran fluorescent :

– La fusée sort de sa trajectoire, confirma-t-il. La perte de vitesse s'accélère. Bon Dieu !... On en est à 40 %.

Il s'assit à son pupitre, ouvrit une trappe minuscule derrière laquelle clignotait un bouton rouge.

Dans la salle de contrôle, l'adrénaline coulait maintenant à flots.

– C'est foutu… l'entendit-on trembloter d'une voix blanche dans son micro… Foutu !

Puis, la voix s'éteignit, impuissante, dans les conduits auditifs de tous les techniciens.

Au-dessous de la petite valve rouge, un seul mot était inscrit : *destruction*.

Un court instant, Langevin hésita à l'idée de sacrifier, en une fraction de seconde, des mois de préparation intensive, d'alternance d'espoirs et de déceptions qui, pourtant, avaient soudé toute l'équipe de techniciens autour de lui. Puis, il se résolut, le cœur serré.

– Tant pis, les gars, on recommencera !

De l'index, il enfonça alors la touche qui clignotait toujours à la façon d'un gyrophare miniature.

Avec la même gravité que s'il avait appuyé sur le bouton programmant la fin du monde.

Pris de panique, Mimi Siku s'était emparé de son arc et, déjà, y glissait une flèche à lame de bambou.

Lorsqu'il la pointa en direction de la fusée qui amorçait soudain une courbe étrange, il tendit l'arc de toute la force de ses muscles. Puis, il relâcha d'un seul coup la corde qui vibra sèchement.

La flèche gicla en direction du monstre écumant, décrivant un arc de cercle impeccable. Grimpa vers le ciel pour atteindre l'entité diabolique qui, déjà, piquait à l'horizontale.

Une seconde plus tard, le bruit le plus effroyable qu'il eût jamais entendu éclatait à ses tympans. En un éclair, le ciel s'embrasa et vira au rouge sombre. Un vent sauvage fit palpiter les grands arbres jusqu'aux racines. Volant en éclats, la fusée venait d'exploser dans un panache de couleurs écarlates, dessinant dans le ciel un immense scarabée, et retombant en millions de météorites sur la forêt détrempée.

Durant une minute encore, on n'entendit que la déflagration ou plutôt son écho à travers la jungle. Puis, tout s'apaisa, et même les animaux osèrent à nouveau faire entendre leurs cris discordants.

N'en croyant pas ses yeux, Mimi Siku se mit alors à pousser des hurlements de joie. Puis, sans lâcher son arc magique, il improvisa une danse rituelle sous la pluie qui se remettait à tomber.

Au village, personne ne voudrait croire qu'un Indien wayana avait, à lui seul, détruit les fantasmagories de l'homme blanc.

Un jour pourtant, il entrerait dans la légende de la tribu comme l'un des plus grands guerriers wayana, et ses enfants raconteraient ses exploits. Et les enfants de ses enfants. Il en avait toujours été ainsi, et il en serait encore ainsi pour les temps à venir.

En dépit des hommes blancs et de leurs idées stupides qu'ils cherchaient à imposer aux Indiens du fleuve.

Même si tous les hommes blancs ne ressemblaient pas forcément aux chercheurs d'or et aux contrebandiers qui se risquaient jusqu'au village dans le seul but de faire du troc, mais méprisaient les Indiens qu'ils jugeaient sales et ignares.

Il y avait même des hommes blancs qui étaient moins bêtes que la moyenne. Il en avait entendu parler par maman Paliku. De l'un d'entre eux, surtout, qu'elle avait bien connu autrefois.

Un homme blanc qui vivait loin de la forêt, au-delà des mers, dans un pays sans hoccos ni caïmans.

Et que, bizarrement, il croyait rencontrer de temps à autre la nuit. Dans le temps des rêves…

3

Stéphane jeta distraitement un coup d'œil par le hublot. Le ciel moutonnait contre le fuselage de l'Airbus 340 d'Air France, à dix mille mètres d'altitude, laissant l'avion planer librement dans un espace azuréen sans limites.

À l'intérieur des premières classes, la plupart des passagers somnolaient. Un gros Américain en chemisette à fleurs, avec des rouflaquettes à faire pâlir un lord anglais tout droit sorti d'un roman de Dickens, ronflait même en toute impunité, ne suspendant son vrombissement que dans les rares trous d'air qui secouaient la carlingue. Un verre de bourbon continuait même de tanguer dans sa main, menaçant à tout instant d'inonder la jupe de sa voisine, une charmante petite brune aux allures de Jodie Foster assagie.

Bloquant le combiné de son téléphone portable entre son épaule et sa joue mal rasée, Stéphane préféra revenir au branchement de son ordinateur portable.

Son voisin le plus proche, un quinquagénaire grimaçant et couperosé, nanti d'un fort accent bruxellois, grogna en l'entendant tracasser l'engin électronique dernier cri.

– Désolé, s'excusa Stéphane… vraiment.

À l'autre bout du monde, enfin, la voix parasitée de Richard Montignac jaillit d'une tourbe sonore particulièrement désagréable. À peine audible.

– Mais non, protesta d'emblée Stéphane, ne t'inquiète pas… Et dis à Roustan qu'il nous fasse confiance… Comment ça, il n'y croit pas ?… Je suis sûr de mon coup… Ça va fumer, j' te dis !… D'ailleurs, attends… Je me branche sur les cours…

L'écran de l'ordinateur s'alluma dans un cliquètement doux. Suivi d'une image de pin-up qui se mit à cligner de l'œil en lançant un « Hello you ! » susurré d'une voix plus mécanique qu'érotique.

– Attends une seconde !

Il joua du clavier en virtuose, du bout des doigts. Puis, les cours des principales places financières de la planète se mirent à défiler, affichant les variations des principales valeurs cotées en bourse, tout comme celles des Sicav et des métaux précieux.

Une merveille de technique et de précision mise au point chez Toshiba.

– Tokyo… Tokyo… marmonna Stéph… Voilà, j'y suis !

– Eh bien, restez-y ! suggéra le Wallon assoupi entre ses dents.

La remarque effleura à peine Stéphane Marchado, trop absorbé dans l'analyse stratégique des informations fluorescentes inscrites dans le minuscule rectangle qui reposait en équilibre incertain sur ses genoux.

– Richard, tu m'entends ?… poursuivit-il… Qu'est-ce qu'il nous veut Roustan… Le soja est en hausse depuis l'ouverture des marchés… Et ça continue de monter ! Attends, je passe à New York… Londres… Même chose partout… Quoi ?… Mais non, si ça baisse, je t'envoie un ordre vite fait, et tu bazardes tout, OK ?

– Un peu de champagne ?

Stéph leva précipitamment la tête de l'écran du portable pour braver le sourire bienveillant de l'hôtesse antillaise. Se sentit fondre un court instant sur les lèvres de miel qui s'arrondissaient dans un appel nacré.

Il fit signe que non, malgré tout. Et, dans un flash, songea que la promesse faite à Charlotte serait sans doute plus dure à tenir sur les lignes d'Air France qu'au fond de la selva !

– Richard, tu m'as bien compris ?… Dès que j'ai réglé mon histoire de divorce avec Patricia, je rentre à Paris… J'espère être là demain matin…

Il se ravisa.

– Au plus tard après-demain…

– Mais après-demain, si je continue à stresser comme ça, brailla Richard, je serai un dinosaure !

– Allez, mon vieux, rendors-toi, on ferme la boutique… Bye !

– Oh oui ! grommela le Belge, fermez la boutique… et qu'on n'en parle plus !

– C'est promis, dit Stéph en bouclant le portable.

Exaspéré, il rappela alors l'hôtesse qui s'éloignait vers le poste de pilotage. Puis, usant de son sourire le plus irrésistible et du scintillement ravageur de ses yeux bleus :

– Mademoiselle, je prendrai bien finalement un doigt de champagne… Ce monsieur aussi d'ailleurs !…

Il désignait le gros Belge aux paupières closes, dont le petit œil rond et sec parut soudain s'animer avec curiosité.

– Je crois en effet, le crucifia alors Stéphane, que monsieur tient absolument à coincer une bulle !

Sur l'aéroport de Caracas, la température avoisinait les 40° à l'ombre, et Stéphane se demanda en débarquant comment le tarmac n'avait pas encore fondu. Avec son costume grège, sa cravate sombre, son sac de voyage d'une main et son portable de l'autre, il se sentit quelques secondes dans la situation du Martien découvrant une autre planète habitée.

Pris à la gorge par l'humidité suffocante, il descendit quatre à quatre les marches de la passerelle, impatient de trouver un peu d'ombre et de fraîcheur.

Une enseigne tapageuse signalait le bureau des douanes dans la partie droite de l'aérogare.

Il s'élança au pas de charge… Sans prêter attention à l'infirme noir cloué sur une chaise roulante qui se déplaçait à sa rencontre.

Pris au dépourvu, il aperçut au dernier moment le nom de « Marchado » inscrit sur le carton que le Black tenait sur ses genoux.

Et eut tout juste le temps d'interrompre sa trajectoire de missile balistique à moins de deux mètres de la chaise roulante du paralytique.

– Monsieur Marchado ?

– Euh… Oui…

– Je me présente : maître Bonaventure. Je suis votre avocat. Bienvenue au Venezuela.

– Oui… Bien sûr… Merci… balbutia stupidement Stéphane…

L'infirme eut un sourire débonnaire.

– Vous avez l'air troublé, monsieur Marchado ? Est-ce la chaleur ou est-ce plutôt ce… fauteuil roulant ?

– Non… Non, protesta Stéph sans conviction.

– Alors rassurez-vous… Si je n'ai plus toutes mes jambes, j'ai heureusement encore toute ma tête.

Il serra enfin la main que lui tendait maître Bonaventure. Puis, surmontant tout à coup son apathie climatique et, déposant ses bagages sur les genoux de l'avocat, il empoigna le fauteuil roulant pour le pousser énergiquement en direction des bâtiments de l'aérogare.

– Mon confrère, maître Voisin, m'a fait parvenir de Paris tous les papiers nécessaires, précisa Bonaventure.

– Parfait ! dit Stéph, reprenant ses esprits… J'ai très peu de temps devant moi… À quelle heure est fixé le rendez-vous avec le juge ?

Bonaventure tourna légèrement la tête dans sa direction, offrant le profil de son nez épaté aux narines frémissantes.

– J'ai bien peur que vous n'alliez un peu vite, monsieur Marchado.

– Comment ça, un peu vite ?

– C'est-à-dire… Enfin, il y a un problème avec votre femme !

Stéphane pila net.

– Elle refuse le divorce ?

Stéphane contourna le paralytique. Maître Bonaventure prit un air embarrassé.

– Non… Non… Ce n'est pas exactement ça… En fait, c'est que votre épouse n'a pu prendre connaissance de la requête en divorce en temps voulu puisqu'elle n'est jamais venue chercher les docu-

ments que je lui avais envoyés à la poste de Cavanayo.

– C'est une plaisanterie ? fulmina Stéphane.

– Pas du tout !

L'avocat crut que le Français allait fondre littéralement avec le tarmac de l'aéroport. La sueur lui
ruisselait sur le visage, stagnant autour du col de
chemise.

– C'est pas vrai, explosa Stéphane Marchado.
Alors, je fais plus de 7 000 bornes pour divorcer
d'une femme que je n'ai pas revue depuis treize
ans, et vous, tout ce que vous trouvez à m'annoncer, c'est qu'elle n'est encore au courant de rien,
qu'elle n'a pas lu vos courriers, et qu'elle est Dieu
sait où !… Je ne sais pas si vous vous rendez
compte, cher monsieur, mais je me remarie dans
un mois !

– Je sais tout cela, monsieur Marchado, mais
que vous dire de plus ?… Il n'y a plus maintenant
qu'une seule solution.

– Laquelle ? grogna Stéphane… La bigamie !

– Allez à Cavanayo, retrouvez votre femme et
ramenez-la ici avec les papiers dûment signés. Le
reste ne sera plus qu'une formalité. Mon beau-
frère travaille au consulat de France.

– Mais attendez, c'est où ce bled… Carnavalo ?

– CA… VA… NA… YO ! dit Bonaventure en déta-
chant les syllabes… Venez, je vais vous montrer !

– C'est là ! dit l'avocat en désignant un point minuscule sur la carte… En pleine forêt vierge, en Guyane française.

Stéph, appuyé contre le mur de la buvette de l'aéroport, considéra l'endroit désigné avec un découragement absolu.

– Mais, c'est le bout du monde !

– Allons, monsieur Marchado, il n'y a plus guère de régions sur cette planète qui, aujourd'hui, soient inaccessibles.

Un boeing de la TWA décolla dans un rugissement qui vrilla les tympans de l'avocat et fit trembler les vitres mal ajustées. Benjamin Bonaventure, les paumes rivées à ses tempes, s'isola pour un bref instant du vacarme.

– Pardonnez-moi, commenta-t-il, mais j'ai une sainte horreur de l'avion !

Plus nerveux qu'un futur père attendant la naissance de son premier rejeton, Stéphane lui jeta un regard vide. Il n'allait tout de même pas rester plusieurs jours à attendre que Patricia se décide. Il repensa aux cours du soja, et à Richard qui comptait sur lui pour surveiller tout cela au plus près. Pourvu qu'ils ne s'effondrent pas ! Ce serait le bouquet ! Le marasme serait alors complet. Sans compter les hurlements de Charlotte qui lui en voudrait à mort… Mais quelle idée, bon sang, avait-il eue d'épouser Patricia à Caracas en avant-première de leur voyage de noces !

– Il y a bien un avion-taxi qui pourrait m'emmener sur place ? demanda-t-il.

– Bien sûr !

– Vous pouvez vous en charger ?… J'ai un coup de fil à passer.

L'avocat opina avec un bon sourire tranquille. Au comble de l'agacement, Stéph lui tourna le dos et s'éloigna vers les cabines téléphoniques alignées en rang d'oignons pour obtenir Paris par l'international.

Par malchance, Charlotte décrocha immédiatement. Il lui résuma la situation en quelques mots. Contrairement à ce qu'il attendait, l'accueil fut plutôt chaleureux.

– Stéph chou, voyons, ne t'énerve pas ! Respire bien à fond… Je sais bien qu'un divorce est toujours pénible… Mais il faut te ressaisir, libère tes principes énergétiques sans t'énerver, ne refoule pas tes émotions, ne bloque rien, laisse aller, et tu vas voir, tout ira beaucoup mieux… D'ailleurs, j'ai regardé tes biorythmes des prochains jours, ils s'améliorent. Et même, d'après mes calculs de numérologie tantrique, tu entres dans une phase extrêmement positive de ton karma évolutif, mon chéri… Tu vois qu'il ne faut pas t'inquiéter !

Stéphane Marchado se surprit à respirer profondément comme le lui suggérait la jeune femme. Une boule compacte jouait l'ascenseur au creux de son épigastre. Il lutta avec elle le temps de quatre ou cinq aspirations-expirations.

Puis, comme s'il reprenait brusquement conscience des réalités :

– Bon, c'est pas tout ça, mais il faut que j'y aille, Charlotte. Je trouve un avion-taxi, je fais le voyage aller-retour, je fais signer les documents à Patricia, et je saute dans le premier avion pour Paris.

Il allait raccrocher, mais la voix de la jeune femme s'égosilla dans le combiné.

– Stéph !!!...

– Quoi ?

– J'ai oublié de te dire... Une nouvelle formidable !... Il faut absolument que tu rentres au plus vite. Le grand maître Shuga-Ku va donner une conférence sur l'éveil du serpent spirituel, la Kundalini... En plus, il a accepté d'être notre témoin !

– Génial !

– Je t'aime !

– Moi aussi !

– Dépêche-toi de rentrer !

– Je ne pense qu'à ça !

Cette fois, il raccrocha.

Libère tes principes énergétiques... Elle en avait de bonnes, Charlotte !

Il consulta sa Rolex. À cette heure-là, Richard devait déjà être au palais Brongniart en train de transpirer autour de la corbeille.

Aussitôt, il téléphona à la Bourse de Paris et patienta quelques instants avant d'obtenir Richard Montignac. Qui, lui, libéra d'emblée ses principes énergétiques.

– Nom de Dieu, Stéph, mais qu'est-ce que tu fabriques ?... Roustan est furieux !

– C'est rien, c'est congénital chez lui.

– Congénital !...

Un brouhaha d'enfer, en arrière-plan, rendait la conversation pénible.

– Où es-tu ?

– Trop long à t'expliquer. À l'aéroport de Caracas. Je suis encore bloqué là pour au moins vingt-quatre heures.

– À Caracas ?

– Non, pas à Caracas, ici !

– Tu dérailles, mon p'tit vieux, cria Richard dans l'écouteur. La chaleur sans doute. En tout cas, Roustan veut qu'on bazarde le soja avant le week-end. On pourrait commencer par Chicago ?

– Non, dis-lui que c'est encore trop tôt, je suis persuadé que ça peut encore monter un peu. Le mieux est d'attendre l'ouverture du marché de Tokyo. Ensuite, ne t'inquiète pas, je te télexe l'ordre de vente…

– OK !

Il retrouva Bonaventure à la buvette, qui contemplait la piste de l'aéroport d'un air dégoûté en mâchouillant un cigare cubain détaxé.

– Tout est réglé, monsieur Marchado, nous pouvons y aller…

– Alors allons-y, dit Stéphane en empoignant le fauteuil roulant.

Bonaventure eut un sourire qui étira ses grosses lèvres barbouillées de salive où s'agrippaient de minuscules débris de cigare.

– Je suppose que vous avez appelé votre future femme…

– Exact !

L'avocat éclata alors d'un gros rire enfantin qui fit trembler ses bajoues en sueur.

– Ah ! monsieur Marchado, homme à femme, homme à drame… Comme on a coutume de dire par chez nous : « Trou du cul la femme, chaussons par la fenêtre ! »

– Oui, eh bien, malgré ça, moi je vous le dis… on n'est pas sorti de l'auberge !

4

L'avion-taxi vira sur l'aile et amorça sa descente dans un crachotement asthmatique de moteurs éplorés.

– Vous ne vous sentez pas bien ? demanda Stéphane Marchado.

Benjamin Bonaventure, blême de peur, le visage laqué d'une sueur aigre, émit un son guttural dont Stéphane préféra ne pas identifier la provenance exacte. « Pourvu qu'il ne me gerbe pas dessus », songea-t-il.

L'avocat tira un mouchoir à grosses fleurs jaunes de sa poche. S'essuya le front et les ailes du nez, puis les lèvres barbouillées de salive.

– J'ai toujours eu peur en avion, monsieur Marchado, expliqua-t-il d'une voix blanche. Je le prends au moins trente fois par an, mais je ne parviens pas à m'y habituer. À chaque fois, je fais un pas de plus vers l'infarctus…

– Ça doit être votre karma, ironisa Stéphane.

– Pardon ?

– Non, rien !

Au-dessous de l'avion-taxi, hocco de métal écrasé par un ciel de feu, l'enfer vert de la jungle guyanaise déployait sa luxuriance tropicale. Et c'était comme un débordement pileux agressif qui envahissait tout, une toison grasse et glauque qui s'étendait à perte de vue, seulement trouée d'îlots de peuplement chaque jour grignotés par la végétation et par le fleuve.

Le nez collé au hublot, Stéphane mit quelques secondes à distinguer le mince ruban clair qui cisaillait la jungle sur quelques centaines de mètres, et devait servir de piste d'atterrissage. Pas très large apparemment, destiné uniquement à de petits avions de tourisme. Avec au bout, un hangar grand comme un mouchoir de poche en guise d'aérogare.

Le pilote réduisit les gaz.

Maître Bonaventure semblait au bord de l'apoplexie. Blanc de peau, il eût été vert de trouille !

Il farfouilla dans une mallette qui ne l'avait pas quitté depuis le départ de Caracas.

– Je ne voudrais pas oublier, monsieur Marchado, voici la lettre recommandée et tous les papiers nécessaires pour votre divorce. Vérifiez bien avec votre épouse que tout est parfaitement en ordre et conforme avant de prendre rendez-vous avec le consulat.

Stéph glissa négligemment les papiers dans son sac de voyage.

Pour le moment, la seule question qui l'obsédait était de savoir combien de temps il mettrait pour faire l'aller-retour entre... Canaletto et Caracas.

Au train où c'était parti, hélas, beaucoup plus longtemps qu'il ne l'aurait souhaité.

Une fois sur place, en revanche, tout devrait aller assez vite. Il n'avait rien à dire de spécial à Patricia, et il pouvait supposer qu'elle n'aurait elle-même aucune envie de s'éterniser en discours larmoyant sur le « bon vieux temps ». Ils examineraient ensemble les papiers, régleraient les détails, et elle l'accompagnerait jusqu'au consulat pour mettre un point final à treize ans de vie non commune.

Ensuite, retour au galop sur Paris où Roustan et Richard devaient friser l'infarctus de le savoir chez les sauvages au lieu de se triturer les méninges afin de réveiller les investisseurs somnolents.

Sans oublier les préparatifs du mariage...

Dans moins d'un mois maintenant.

– C'est ça Canalosso ? s'exclama Stéphane en sortant de la minuscule aérogare.

– CA... VA... NA... YO ! s'époumona Benjamin Bonaventure.

Stéph, incrédule, promena autour de lui un regard désolé. Un déluge tiède s'abattait sur une vingtaine de baraques aux toits de tôle ondulée qui s'ennuyaient sous un ciel lie-de-vin. Des femmes, aux visages ravinés, en robes à fleurs crasseuses, se chamaillaient sur des pas-de-porte bardés de rideaux en lianes de plastique. Des gosses, vêtus de haillons, jouaient au football dans la rue, en tapant dans de vieilles boîtes de conserve. Et par-dessus tout, il y avait la boue, une boue épaisse et gluante qui collait à la semelle, de la boue qui coulait par avalanches sur les chemins pentus, en latérite rouge, menant au centre de ce qu'il fallait bien appeler un village.

– Charmant!… soupira Stéphane.

– Ne vous fiez pas aux apparences, monsieur Marchado, rassura l'avocat, les pluies en général sont violentes par ici, mais heureusement de courte durée. Et puis, vous savez ce qu'on dit chez nous : « Qui court si vite au cul n'a pas mouillé son parfum… »

– Ouais… Et tant va la cruche à l'eau qu'elle se casse… D'ailleurs, c'est ce que je devrais faire, me casser!

– Pardon ?

– Ça ne fait rien… Vous n'allez tout de même pas me dire qu'il y a un bureau de poste ici ?

– Juste en face de vous, avec le logo placardé sur la porte.

Stéphane écarquilla les yeux. À une centaine de mètres, en effet, rutilait une sorte de plaque minéralogique vissée sur une porte défraîchie. Il poussa l'avocat infirme sur la pente latéritisée qui dévalait jusqu'à elle. On enfonçait dans la gadoue jusqu'aux chevilles. Il manqua déraper plusieurs fois, suffisamment en tout cas pour asperger le bas de son pantalon.

– Ah, merde ! Un costard tout neuf...

Bonaventure, les pieds surélevés par rapport au niveau du sol, ne risquait rien et semblait trôner comme un pacha oriental. Indifférent aux efforts de Stéphane, il continuait de serrer contre lui les bagages du Français ainsi que sa propre mallette.

La poste de Cavanayo comptait naturellement un seul guichet, de même qu'un unique postier. Le tout dans un décor dont seul peut-être le coin le plus pouilleux du Bangladesh ou du Pendjab eût envié la richesse. Deux chaises bancales, une armoire fatiguée et qui bâillait sur un fatras de dossiers en voie d'effritement, un annuaire qui, à en juger l'épaisseur, devait tout juste permettre de joindre un correspondant dans un rayon de vingt kilomètres, un cendrier estampillé Marlboro…

Partout, ça puait la friture et des odeurs de lard rance, le tabac froid, et les fruits trop mûrs. La poste de Cavanayo sentait l'épicerie plus que le timbre-poste et les enveloppes kraft.

En inspectant la pièce, malgré tout, Stéphane découvrit, ému, une vieille affiche d'un film de Vadim, interprété par Brigitte Bardot, *Et Dieu créa la femme*, qui trônait au fond de la poste, collée au mur par de vieux morceaux de Scotch que la crasse avait définitivement rendus solidaires du torchis.

Le temps s'était arrêté à Cavanayo, songea Stéphane Marchado. Les journées devaient s'écouler, mornes, toutes semblables. Et le guichetier leva à peine le nez de son vieux *Penthouse*, édition espagnole, lorsqu'ils tambourinèrent contre la petite grille métallique censée le protéger des importuns.

Stéph, dégoulinant de pluie, exhiba une photographie sous l'œil incrédule de Benjamin Bonaventure.

– C'est tout ce que j'ai… Une photo de mariage datant d'il y a treize ans… Vous la connaissez ?

Le gros avocat enchaîna en espagnol.

Cette fois, le guichetier parut s'animer. Répondit dans un baragouin incompréhensible à tout autre qu'un autochtone dûment habilité.

– Il la connaît, traduisit Bonaventure d'un air triomphant… Mais ça fait très longtemps qu'elle n'est pas venue chercher son courrier… Au moins six mois !

– Six mois, répéta Stéphane… Il ne lui est rien… Enfin… (rassemblant quelques très vieux souvenirs d'HEC) *No savé su adresse ou el habite ?*

Le visage du postier s'éclaira cette fois d'une hilarité qui faisait plaisir à voir. Preuve flagrante de la non-infaillibilité d'HEC.

– Si… Si… Lipo-Lipo !… Lipo-Lipo !

Immédiatement, Stéph ne put s'empêcher d'associer la réponse du guichetier à la dernière fantaisie de Charlotte : une liposuccion à l'hôpital Rothschild. Mais ce ne devait sûrement pas être de cela qu'il s'agissait.

Bonaventure exigea quelques précisions qu'il traduisit au fur et à mesure.

– C'est un village wayana… plus bas sur l'Oyapock… On ne peut d'ailleurs s'y rendre que par le fleuve… mais vous trouverez facilement quelqu'un pour vous y emmener... Il connaît même un homme, un certain Arturo Mendez, un chercheur d'or qui patrouille sur le fleuve à longueur de journée.

– Et où peut-on le trouver, cet Arturo... machin ?

Nouvel et bref échange en espagnol local.

– Il dit qu'il n'y a pas moyen de le trouver, il n'y a qu'à l'attendre au débarcadère.

– Génial !

Abattu et trempé, Stéphane consulta sa montre. Quinze heures trente. Il dénoua rageusement sa cravate qu'il fourra dans une poche de sa veste. Avec grosso modo quatre heures de décalage, le soir devait tomber sur Paris, et Charlotte préparer son riz blanc au soja – bienheureux soja ! – dans leur appartement de l'avenue Élisée-Reclus.

Il envia presque son repas macrobiotique. Lui ignorait encore de quoi serait fait son dîner. De toute façon, ses projets de retour en France dans vingt-quatre heures tombaient à l'eau.

Sans remords, mais avec un pincement au cœur malgré tout, Stéphane contempla la silhouette de Benjamin Bonaventure qui disparaissait peu à peu sous la pluie, se superposant à celle d'Arturo Mendez. Assis dans son fauteuil de paralytique au bout du débarcadère, l'avocat avait longtemps agité les bras en signe d'adieu, et à présent, il se contentait de regarder la pirogue glisser au loin sur les eaux molles du fleuve dans un vrombissement régulier d'insecte.

Le visage tanné par le soleil et la mousson, les cheveux complètement blanchis par cinquante années de vadrouille et de frayeurs sur l'Oyapock, la bouche édentée, Arturo Mendez conduisait d'une main sûre la pirogue à l'aide du petit hors-bord, au ronronnement rassurant, fixé sur le tableau arrière.

Devant eux, le fleuve glissait entre deux énormes murailles végétales, charriant des eaux limoneuses et saumâtres sous la surface desquelles on devinait le grouillement de toute une faune inquiète.

Plus ils s'éloignaient de Cavanayo, et plus le pays deviendrait le royaume des moustiques, des mouches suceuses de sang, des fourmis et des grands primates aux braillements sinistres.

Stéphane, hypnotisé, songea aux récits qui couraient sur les piranhas, alligators, jaguars et autres prédateurs typiquement locaux. Frissonna à l'idée de devoir demeurer plusieurs jours dans cet enfer végétal, immonde.

– Toi trop penser ! fit Arturo à l'autre extrémité de la pirogue... Pas bon pour la santé !

Stéphane Marchado se retourna brusquement. Au point que le portable manqua passer par-dessus bord.

– Merde ! Tu parles français ?

La bouche édentée éructa un rire sec de chignole souffreteuse.

– J'ai connu une Française il y a longtemps, quand j'avais encore mes dents… Elle apprendre moi contre travaux… pratiques…

Il ondula mollement du bassin dans un geste qui se passait de commentaire, et s'esclaffa à nouveau de bon cœur.

– On est encore loin ? questionna Stéph.

– Encore… Mais, accroche-toi, il va y avoir de la secousse.

Plus loin, en effet, le fleuve dessinait un coude. Stéph remarqua que le débit de l'eau semblait s'accélérer. Apparurent bientôt des rapides qui obligèrent la pirogue à s'enfourner dans une eau moussue qui se creusait de tourbillons, d'entonnoirs sombres où mijotaient des débris d'arbres et de racines arrachés aux berges.

Durant quelques minutes, Mendez, attentif à maintenir l'embarcation en équilibre et à éviter les troncs d'arbres à la dérive, ne parla plus. Tendu à l'extrême. Et Stéphane, cramponné à l'avant de la pirogue, respecta son silence.

Fendant l'écume, l'étrave de la pirogue marsouina pourtant avec dextérité jusqu'au virage suivant, presque en épingle et qui cassait le rythme des rapides.

Puis, le cours du fleuve retrouva une cadence plus paisible, et Arturo son sourire de gargouille.

– Toi pas avoir peur ?

Stéphane secoua négativement la tête.

– Moi pas avoir peur… Quand est-ce qu'on arrive ?

– Toi être comme les enfants, rétorqua le chercheur d'or… jamais de patience !

« Je voudrais t'y voir », grommela Stéph entre
ses dents.

Déjà trois heures qu'ils avaient quitté l'embarcadère de Cavanayo. Trois heures qu'ils erraient
dans ce décor grandiose et effrayant. Alors qu'il
aurait dû se trouver à table avec Charlotte en train
de surveiller du coin de l'œil, à la télévision, l'évolution des cours du soja.

Mendez, lui, ne paraissait ni impatient ni
d'ailleurs désireux de s'attarder. Il avait dit souhaiter rentrer avant la nuit à Cavanayo.

Il poussa d'ailleurs le régime du hors-bord. Le
soleil déclinait, et avec lui la chaleur étouffante qui
régnait depuis l'aube. Stéphane se sentit un peu
mieux. Il avait hâte d'arriver au village. Et surtout
d'en repartir au plus vite. En même temps, l'idée
de retrouver Patricia au bout de treize années
d'absence lui inspirait une crainte sourde. Qui
allait-il rencontrer ? Une étrangère ? Une femme
qu'il avait aimée ? Leurs retrouvailles seraient-elles
innocentes, celles de deux vieux camarades qui se
sont perdus de vue et n'ont plus que des banalités à
échanger ? Ou réveilleraient-elles des sentiments
enfouis, douloureux ?

– Par là ! dit enfin Arturo.

Mendez désigna un décrochement sur leur
droite. Un petit affluent de l'Oyapock s'enfonçait
dans une jungle épaisse aux relents de cadavres.

La pirogue s'engagea dans un bras de rivière
rétréci qui se perdait sous des frondaisons touf-

fues. Au bout de quelques minutes, Arturo coupa le moteur hors-bord, et le silence retomba sur eux comme une chape tiède et mouillée.

La pirogue continua de filer sur son erre. Passa sous des voûtes d'arbres très basses qui les obligèrent à courber la tête. Puis, l'affluent de l'Oyapock s'élargit et ses dimensions devinrent plus navigables.

Ici, l'épaisseur de la végétation ne laissait filtrer qu'une lumière olivâtre, ténue, et qui donnait à toutes choses le même aspect sombre, accablant.

Le soir tombait à présent. Stéphane recommença de s'angoisser. Il avait beau se persuader que la forêt guyanaise, tout comme la selva brésilienne, était le poumon de la planète, il se savait à des milliers de kilomètres de tout univers familier. Et seul !

– Bientôt ! lança Mendez.

Autour d'eux, les échos des singes hurleurs et le jacassement des oiseaux s'enflaient jusqu'à donner l'impression d'un concert élaboré.

Bientôt, la pirogue aborda une sorte de crique au fond de laquelle bruissait une cascade. Un peu en retrait du fleuve, une vingtaine de huttes composaient un village de carte postale pour amateurs d'exotisme.

– C'est là ! dit simplement Arturo.

5

À présent, ils formaient un demi-cercle autour de lui. Ni menaçants ni vraiment accueillants, curieux plutôt. Les enfants, nus, s'étaient approchés les premiers, puis quelques femmes portant des marques de peinture rituelles sur le visage. Les hommes étaient venus en dernier, sans armes, seulement attentifs aux gestes de l'étranger blanc, vêtu d'un vêtement ridicule, qui portait un gros sac et une étrange petite mallette.

Stéphane les considéra un long moment, affreusement mal à l'aise. Il se devinait intrus. L'air d'un beauf en short à grosses fleurs et espadrilles qui ferait irruption dans un conseil d'administration de la banque Indo-Suez !

Il se retourna vers Arturo qui avait hissé l'avant de la pirogue sur la berge.

– C'est ça Lipo-Lipo ? demanda-t-il à voix basse, comme s'il craignait d'être entendu.

– Lipo-Lipo, confirma le chercheur d'or à haute voix. C'est bien ça… Village indien !

– Ce tas de huttes pouilleuses ?

– Pas des huttes, des carbets !

Stéphane réprima un fou rire nerveux.

– Non, attendez ! Je crois qu'il y a un malentendu… Je vais aller me renseigner. En attendant, vous, vous ne bougez pas, OK ?

– Il faut que je sois rentré avant la nuit, protesta Mendez en roulant une cigarette entre ses gros doigts noueux.

– J'en ai pour cinq minutes !

La gorge sèche, Stéphane fit quelques pas en direction des Indiens wayana.

– Bonjour ! lança-t-il.

Silence total. Le demi-cercle se rompit très doucement devant lui. Il s'avança encore.

– Je cherche une jeune femme, une jeune femme qui s'appelle Patricia.

Toujours pas de réponse. Il tira la photographie de sa poche et l'exhiba à la cantonade.

– C'est elle… Vous la connaissez ?

Un Indien plus âgé, à l'estomac proéminent et aux cheveux luisants qui flottaient en grosses mèches compactes sur ses épaules, se rapprocha enfin et s'empara de la photographie qu'il examina un long moment. Puis, Stéphane le vit se fendre d'un large sourire ironique à l'adresse des autres membres de la tribu.

– Palikou ! s'écria-t-il… Palikou !

Il prononça encore quelques mots en wayana. Les autres s'esclaffèrent sans retenue.

« Je dois vraiment avoir l'air con, songea Stéphane Marchado, vraiment très, très con ! »

Le vieil Indien se retourna vers lui. Il était littéralement hilare. Ses yeux n'étaient plus que deux fentes entre lesquelles on devinait des pupilles noires rétrécies qui riaient elles aussi.

De l'index, il désigna le village.

– Palikou ! répéta-t-il… Palikou !

– Elle est là-bas ? demanda Stéph.

Mais l'Indien ne sut que répéter avec insistance : Palikou !… Palikou !… Non comme un cri de guerre, mais plutôt comme un cri de ralliement pacifique.

Il sentit une main exercer une poussée sur son épaule, et il dut se remettre en marche, escorté par toute la petite troupe d'Indiens wayana. Les enfants se mirent à courir devant lui pour le guider vers le centre du village où un groupe de vieilles femmes faisait griller un énorme cochon sauvage sur une claie de rondins. De jeunes Indiennes, âgées tout au plus de seize ans, et portant leur enfant sur la hanche, lui jetèrent au passage un regard craintif.

Des odeurs puissantes de grillades, des fumées suffocantes l'enveloppèrent, éloignant pour un court instant les moustiques qui entamaient leur danse infernale dès la tombée de la nuit.

Tout à coup, Stéphane sentit une main minuscule se glisser dans la sienne et l'entraîner vers l'un des carbets devant lequel deux jeunes Wayana, accroupis sur les talons, semblaient monter la garde. Stéphane baissa les yeux, et son regard croisa celui d'une petite fille entièrement nue qui lui souriait d'un air candide.

– Palikou ! ânonna-t-elle de sa voix grêle.

Les deux jeunes Indiens s'écartèrent. La petite fille lâcha sa main, et il risqua une tête à l'intérieur du carbet.

Le premier choc qu'il reçut alors fut celui de deux énormes fesses qui se balançaient en cadence tandis que des gémissements incantatoires échappaient à leur légitime propriétaire.

Stéphane déglutit, incapable de prononcer un mot. Puis, un son finit par franchir ses lèvres en une sorte d'appel au secours :

– Patricia ?… Patricia ?…

Mais l'Indienne reniflait toujours à petits coups en remuant sa croupe monstrueuse à une allure métronomique.

Il fit une seconde tentative :

– Patricia ?

À ce moment, émergeant d'un recoin plus sombre, apparut, dans un rai de lumière, un visage, ou plutôt une moitié de visage semblable à un pan de mur qui se dégagerait d'une brume tenace. Puis, le visage tout entier, suivi d'un buste. Le corps, enfin, bougea dans l'obscurité, s'étira, puis se redressa complètement.

Consterné, Stéphane n'osa pas alors reconnaître immédiatement dans ce corps à peine vêtu d'une cushma, dans ce visage mince paré d'enluminures indiennes, la Patricia Marchado qu'il avait connue autrefois. Pourtant, c'était bien elle. Peut-être accusait-elle quelques kilos en moins, mais c'était la même blondeur sous la teinture naturelle, les mêmes taches de rousseur sur la peau claire légèrement foncée par le soleil équatorial, les mêmes yeux verts et profonds, insaisissables.

– Patricia, c'est moi Stéph… Stéphane Marchado… Ne me dis pas que tu ne me reconnais pas ?

La jeune femme hésita. Ses lèvres bougèrent sans prononcer le moindre son. Puis, elle sortit du carbet comme une furie. Et ce ne fut qu'une fois dehors qu'elle se mit à clamer :

– Tu tombes très mal… Potoko est en train d'accoucher… Attends-moi dehors !

Stéphane, suffoqué, la vit alors piquer un sprint vers le centre du village. Les bras ballants sur le seuil du carbet, il attendit qu'elle disparaisse de sa vue pour s'éloigner à son tour.

Au moins savait-il à présent à qui appartenait la paire de fesses monstrueuses qu'il avait entr'aper-çue : à Potoko.

Assis autour du feu qui crépitait dans la nuit remplie du bourdonnement agressif de milliers d'insectes, les six Indiens wayana écoutaient sans comprendre l'homme blanc venu par le fleuve. Ils l'avaient vu sortir du carbet avec son sac et sa drôle de petite mallette. Ils avaient vu Palikou s'enfuir à toutes jambes vers le village. Ils en avaient logique-ment déduit qu'il se passait quelque chose de grave. Et à présent, ils écoutaient le Blanc solilo-quer comme un homme qui a englouti trop de cachiri un soir de fête.

– Tu tombes mal… Potoko accouche… Sors de là !… Ôte-toi de mon soleil… Non, mais je rêve !… Les nanas sont vraiment impossibles. Oh ! je sais bien que vous vous en foutez pas mal. Ici, ça ne se passe pas comme ça. Mais quand même… On a été mariés un an seulement. Après quoi, pffuitt !… Plus personne. Tchao ! J'en ai marre, je me tire…

Et moi je me retrouve comme un imbécile dans 150 m² avec mes yeux pour pleurer et personne pour repasser mes mouchoirs. Bref ! Je vous passe les détails… En treize ans, cinq lettres, pas une de plus. Et encore… au tout début ! Mais toujours pas d'explication. Après, silence radio. Il y a huit mois, je joue donc aux Sherlock Holmes pour la retrouver, je mets la main sur son frère au Japon, je le passe à la question, et il finit par me dire où elle est grosso modo, ou mato grosso comme vous voulez. Je fais 7 000 km en avion, je prends l'avion-taxi, plus des heures de pirogue, et je finis par la retrouver dans ce gourbi plein de moustiques et de chiures de mouches en train de jouer les sages-femmes. Et pour finir, c'est tout juste si elle ne me fait pas attendre, comme à la Sécu… mais sans me donner de numéro !

Les six Indiens acquiescèrent gravement en marmonnant quelques mots en wayana. L'un d'eux posa même gentiment la main sur l'avant bras de Stéphane. Que celui ci repoussa d'un geste brusque.

– Oh ! s'emporta Stéph… il ne faudrait pas quand même se croire obligé de…

– Palikou… Palikou !

Stéphane tourna la tête. Patricia approchait du feu de camp, démarche féline, visage en sueur malgré la fraîcheur qui s'installait avec la nuit. Sa silhouette se dégagea peu à peu tout entière de l'obscurité.

Elle s'agenouilla auprès de lui. Il eut brusquement l'impression de l'avoir quittée la veille.

– Tu viens pour divorcer ? demanda-t-elle.

– Ça se voit tant que ça ?

– Je suis d'accord... Pas de problème... Tu m'excuses, mais je dois retourner auprès de Potoko.

Stéphane, abandonnant les six Indiens à leurs méditations nocturnes, se leva précipitamment et marcha sur ses talons. De dos, Patricia avait maintenant la prestance d'une véritable Indienne. Cette grâce inimitable, naturelle, animale, cette souplesse harmonieuse des mouvements, cette lenteur de la démarche. En treize ans, les Wayana l'avaient complètement transformée. Elle avait subi une sorte de seconde mue. Tout ce qui demeurait en elle de la petite fille née à Gennevilliers avait disparu à tout jamais, avalé par la jungle et le fleuve, par la terre nourricière et les eaux mères auxquelles désormais elle s'abreuvait.

Elle pénétra la première à l'intérieur du carbet. Une lampe à pétrole, suspendue au plafond, jetait une lumière blafarde qui ménageait des zones d'ombre rassurantes ici et là.

Stéph s'y glissa à son tour. La grosse Indienne aux fesses mafflues avait repris une position plus décente.

– Potoko ? souffla Stéphane.

Patricia-Palikou posa un index réprobateur sur ses lèvres.

– Non, elle, c'est Pontsipie... Elle, c'est Potoko !

Pontsipie lui adressa un sourire reconnaissant, auquel Stéph se sentit obligé de répondre. Puis, il écarquilla les yeux de stupeur. Ce que Patricia désignait sous le nom de Potoko – la future mère ! –

n'était autre qu'une énorme truie aux mamelles pendantes et gonflées, et dont les glapissements ne cessaient d'escalader la gamme des aigus.

– Ça ne va plus tarder maintenant, commenta Patricia.

Elle s'agenouilla près de l'animal et se mit à lui frictionner les mamelles avec la même douceur touchante qu'elle aurait mis à prodiguer des caresses au chevet d'un enfant malade.

Stéphane, ému, se mit à bégayer d'impatience.

– Bon… eh ben, Pat… Patricia, je sais que Potoko est…

– Palikou !

– Quoi ?

– Palikou, c'est mon nom indien !

– Bon, eh ben, Palikou, je suis ravi pour Potoko, mais il se fait tard et on a des papiers à signer avant que tu ne viennes au consulat avec moi.

Un grognement timide interrompit sa réponse. Patricia revenait vers lui, portant un petit porcelet comme s'il se fût agi d'un nourrisson. Elle le lui mit d'office dans les bras.

– Qu'il est mignon, tu ne trouves pas ?

– Très ! fit sèchement Stéphane. J'ai toujours adoré les bêtes, surtout les porcelets wayana…

Puis, après que leurs regards se furent croisés, attardés même :

– Oh non, non ! rugit Stéphane… Il me pisse dessus maintenant, sur mon costume !

– Ici, répliqua Patricia en sortant du carbet, tu n'auras pas besoin de costume.

Stéphane se débarrassa du porcelet en le jetant presque dans les bras de Pontsipie. Puis, à son tour, il s'enfonça dans la nuit guyanaise où les moustiques poursuivaient leurs folles girations.

– Qu'est-ce que ça veut dire ? cria Stéph… Tu te fiches de moi ?… Si on part tout de suite, on peut être là-bas demain soir… C'est moi qui paye tout, ne t'inquiète pas.

– Impossible !… Demain, c'est le Fanentéyou, la cérémonie des enfants… Je ne peux pas la rater… Désolée… Ça attendra après-demain. Et puis de toute façon, ta pirogue est déjà en train de remonter le fleuve.

– Quoi ?… Arturo est parti ?

– Il est rentré à Cavanayo. Il ne pouvait plus attendre.

Stéphane faillit lui arracher les yeux. Elle lui annonçait avec une tranquille indifférence qu'il était bloqué là pour la nuit, et lui devait prendre les choses avec le sourire parce que le lendemain il y avait la fête de… Farnientakou.

Plusieurs gosses entamèrent une ronde autour d'eux en poussant des cris d'Apaches imbibés d'eau de feu. Ils repartirent en direction du feu de camp où le sac de voyage abandonné déversait ses ultimes trésors sur le sol boueux. Les six Indiens de tout à l'heure avaient disparu.

Stéph bondit vers les flammes. Un adolescent au sourire angélique se barbouillait le visage de pâte dentifrice.

– Non… Mais c'est pas vrai… Toi, lâche ça !

Les marmots s'égaillèrent comme une volée de hoccos. Stéphane se baissa pour ramasser les affaires qui traînaient, à l'exception du rasoir électronique dont le plastique fondait déjà à la chaleur du brasier, irrécupérable. Ils n'avaient heureusement pas touché au portable. Simplement, ils l'avaient branché par accident, et la pin-up du générique lançait des « hello you ! » désespérés en appuyant ses clins d'œil comme dans une mauvaise pub des années cinquante.

Quand il releva la tête, Patricia et Pontsipie le contemplaient d'un air résolument narquois. À côté d'elles, campé sur des cuisses musclées, bras croisés sur sa poitrine bardée de colifichets, se tenait un vieil homme d'une prestance incontestable. En sautoir, il portait un curieux collier avec une assiette représentant la tour Eiffel.

– Voici le chef de notre village, dit Patricia… C'est Mouloukou. Il dit que tu peux dormir dans le carbet des célibataires si tu veux…

Le vieux chef, aussi digne qu'un *horse-guard*, leva un bras :

– Hello you !

Sa bouche immense s'ouvrit sur quelques rescapées d'une dentition néolithique.

– Le carbet des célibataires, déglutit Stéphane, ou alors…

– Pontsipie se propose également de te tenir compagnie. Je crois que tu lui as drôlement tapé dans l'œil.

Stéphane jeta un regard vers la grosse Indienne qui baissa les yeux en riant. Repensa aux fesses adipeuses qui se trémoussaient sur un tempo digne du mur des lamentations.

Un ange passa qui avait le visage de Charlotte.

– Eh bien, je crois que je vais choisir le carbet des célibataires, conclut-il.

Accroupi auprès du feu, Mimi Siku avait observé de loin l'homme blanc qui était venu par le fleuve, l'homme blanc qui cherchait maman Palikou. Il l'avait vu discuter avec les guerriers autour du feu de camp, avec Pontsipie et Mouloukou aussi. Il avait repéré l'étrange mallette à laquelle il semblait tenir plus qu'à la prunelle de ses yeux. Mais ses yeux à lui n'avaient fixé que son visage, un visage glabre avec de grands yeux clairs, semblable à celui de l'homme qu'il voyait dans le temps des rêves. Et pourtant, il n'avait pas eu envie de l'approcher tout de suite. Il ne s'était pas même mêlé aux autres enfants de la tribu lorsqu'ils avaient inventorié le contenu du sac de voyage. Il s'était contenté de suivre ses allées et venues à travers le village, accroché à la cushma de maman Palikou comme une mouche suceuse de sang au cou d'un ara chloroptère.

Que venait-il faire là ? Et que voulait-il à Palikou ?

Peut-être était-ce de lui qu'il avait rêvé la nuit précédente. Un rêve tout en couleurs, nullement désagréable, mais qui lui avait laissé une drôle d'impression au réveil.

Nerveux, il tendit ses mains encore couvertes de roucou à la flamme. Et demeura là, immobile, à contempler les branches qui se chevauchaient en crépitant.

Un Indien wayana savait attendre. Savoir attendre, disait d'ailleurs Mouloukou, était une force. Et lui, demain, lors de la fête de Fanentéyou, deviendrait un guerrier wayana à part entière.

Dans une vaste case collective, une dizaine de hamacs étaient suspendus, sans autre mobilier. Désertés, à l'exception de deux d'entre eux où reposaient paisiblement deux adolescents, bien à l'abri des insectes derrière les pans de leur moustiquaire.

Stéphane s'installa dans le coin le mieux éclairé. Et, immédiatement, posa son portable sur l'un des hamacs disponibles avant de déployer son antenne parabolique.

– Toi, tu as peut-être un Farnientoutou, dit-il… mais moi, j'ai 1 500 tonnes de soja en attente…

– Tu sais, ici le soja…

– Ouais… en tout cas, il y a quand même une question que j'aimerais te poser : pourquoi tu t'es tirée il y a treize ans ?

– À cause de la cinquième ligne.

Un bip sonore, strident, se fit entendre.

– Nom de Dieu ! Tokyo… Qu'est-ce que c'est que cette histoire de cinquième ligne ?

Les yeux rivés à l'écran du portable, Stéphane commença à tapoter les touches du clavier pour entrer en liaison avec le satellite.

– Un matin, poursuivit Patricia, un installateur est venu à l'appartement pour brancher une cinquième ligne. Il m'a demandé si j'étais la standardiste. J'ai compris alors que ta vie étoufferait toujours la mienne… J'ai sauté les plombs. J'ai pris mes affaires et je suis partie.

– T'es partie avec l'installateur ?

– Je ne suis pas partie seule, en effet, mais c'était pour pouvoir continuer à t'aimer, Stéph. Sinon, on aurait fini par se haïr.

Stéph s'esclaffa.

– Pour le savoir, encore aurait-il fallu essayer !… Génial !… Ça y est, j'ai Richard en ligne…

Une page de texte s'inscrivit sur l'écran fluorescent. Stéphane répondit en expédiant à son tour un télex.

– Et voilà, triompha-t-il, je me bascule sur la Bourse de Tokyo en quelques secondes… Hein ! Qu'en penses-tu ? Ça vaut bien tous les farnentouyou du monde, ça ?…

– Formidable ! dit Patricia sans grande conviction.

La connexion se signala par un mouvement sonore et l'apparition d'un tableau sur l'ordinateur. Stéphane Marchado commença de jongler avec les pages d'écriture électronique afin de trouver quelles étaient les dernières variations sur le marché du soja.

– Il y a deux semaines, expliqua-t-il, on a acheté 1 500 tonnes de soja sur le marché de Hong-Kong. On va les revendre sur le marché de Tokyo.

Ses doigts continuèrent de voltiger sur le clavier.

– Comme je te le disais, reprit Patricia d'une voix lasse, je ne suis pas partie seule.

– Mince ! râla Stéph, 172 dollars la tonne, ça a un peu baissé.

Ses yeux n'étaient pas assez grands ni assez mobiles, ni son esprit assez concentré pour enregistrer, à la seconde près, toutes les informations que l'écran du portable lui retransmettait des quatre coins de la planète.

En lui-même, il songea que, vue de l'extérieur, la scène devait avoir quelque chose de surréaliste. Un type en costume-cravate, perdu chez les Indiens wayana, aux frontières de l'Amazonie, et qui jouait avec les satellites comme d'autres, ici, avec leur sarbacane…

– Allez, vends, mon gros, pianota-t-il en s'adressant à Richard… Qui prend ?… Non… Laisse porter… 71 1/4… pas question…

– Je disais donc que je n'étais pas partie seule, répéta Patricia, exaspérée, à voix basse. J'étais enceinte.

– 71 3/8 !… Mais bon Dieu, vends, vends !… Attends, Patricia… je t'en supplie, attends une minute… Voilà… 71 3/8… Vends… Vends…

Une pause, puis :

– Ça y est… Il prend ! Allez, mon gros, vends-nous tout ça et que ça saute !… Et voilà : au moins 130 000 dollars de bénef !…

Il devait faire une grosse poussée d'adrénaline. Elle dut crier plus fort.

– Tu as compris, Stéphane ?... J'étais enceinte... je suis partie avec ton fils !... Tu sais ce que c'est... un fils... un enfant... à nous !

6

Stéphane avait levé les yeux sur Patricia et la contemplait dans une sorte d'hébétude enfantine un peu ridicule.

– Tu peux répéter ce que tu as dit ?

Patricia eut un sourire tendre qui semblait vouloir dire : « Ah ! enfin, tu m'écoutes... »

– J'ai dit que ton fils, que notre fils... était là-bas, près du feu...

Entre les mains de Stéph, l'écran de l'ordinateur clignotait toujours comme une minuscule enseigne de magasin de jouets, affichant un message demandant de confirmer la transmission de l'ordre de vente.

– C'est... une blague ? articula-t-il avec peine.

Elle lui désigna du menton l'adolescent immobile à croupetons près du feu de camp.

Stéphane, frappé de stupeur, lui jeta un vague coup d'œil, mais sans apercevoir autre chose qu'une petite masse sombre, aux cheveux longs, tassée comme un animal au ras du sol.

– Qu'est-ce que c'est que cette histoire ?

Patricia reprit sa respiration avant d'annoncer d'un seul trait.

– C'est tout bonnement l'histoire d'une femme enceinte qui se tire à l'autre bout du monde pour élever son gosse, parce qu'elle ne veut pas qu'il soit simplement Marchado junior, de chez Marchado et Marchado and Co.

Stéphane se pinça machinalement la cuisse pour être sûr de ne pas vivre un simple cauchemar. Puis, ayant acquis la certitude qu'il était tristement éveillé, il tonitrua :

– Non, mais ça va pas la tête ?… Tu te rends compte de ce que tu dis ?… Ça fait treize ans qu'on s'est quittés, je fais 7 000 bornes pour te retrouver, et tu m'apprends que je suis l'heureux père d'un gosse qui bouffe des larves à son petit déjeuner et picole du cachiri au dîner.

– Je vois que tu as lu mes lettres, nota Patricia avec satisfaction… Ah ! au fait, il s'appelle Mimi Siku, ce qui signifie Pipi-de-Chat. Ici, les enfants ont le droit de choisir leur nom dès l'âge de huit ans.

– Oui, eh bien, en fait de pisse de chat, ce serait plutôt un déluge !

Comme s'il retombait brutalement des nues, Stéphane jeta un coup d'œil à l'écran du portable. Celui-ci clignotait toujours, mais cette fois il lançait alternativement deux messages désespérés : *Disconnection* et *Recharge Battery*.

– Eh, merde ! lâcha Stéphane… il ne manquait plus que ça… Je suppose que vous n'avez pas de prises de courant dans ce bled…

Patricia s'était rapprochée de lui. Il eut un mouvement de recul. Un très court instant, il crut qu'elle allait l'enlacer, mais elle se contenta de murmurer :

– Allons, Stéph, ne t'énerve pas… Je ne lui ai encore rien dit… D'ailleurs, si tu le veux, je ne lui dirai rien.

– Tu ne lui diras rien ?… C'est trop facile… Es-tu sûre qu'il est de moi au moins ?

Patricia se redressa, visage contrit. Le symbole rituel qu'elle portait peint au milieu du front s'altéra. Il attendit une réaction outragée, mais elle dit avec une simplicité désarmante :

– Tu es le seul homme que j'ai jamais aimé, Stéph… Ça devrait te suffire.

À présent, la nuit enveloppait tout, somptueuse dans sa noirceur. Au centre du village indien, le feu, longtemps entretenu, se mourait lentement, rameutant les hordes fanatiques de moustiques, fascinés plus qu'apeurés par les dernières flammèches. Loin dans la forêt, le cri d'un ermite à long bec fit écho au hurlement lugubre d'un singe atèle à longue queue.

Étendu dans son hamac, Stéphane ne dormait pas. Autour de lui, les ronflements des Indiens formaient une chorale bruyante et monotone.

Incapable de fermer l'œil, il ne cessait de tourner et retourner le problème dans sa tête sans lui trouver de solution acceptable par son cartésianisme. Pendant treize ans, Patricia l'avait laissé dans l'ignorance de sa paternité, et il lui fallait maintenant l'endosser sans rechigner. Accepter d'être le géniteur d'un petit Indien wayana de douze ans qui ne parlait même pas sa langue et pensait Dieu seul sait quoi de l'homme blanc venu par le fleuve. Et ça, tout juste un mois avant son remariage avec Charlotte.

Une véritable histoire de fou !

Charlotte !… Il n'avait même pas songé, lors de sa communication par satellite, à lui faire transmettre un message par Richard. Charlotte qui, cette nuit, était si loin de lui, calfeutrée dans leur appartement parisien. Même Caracas et Bonaventure lui semblaient à des millions d'années-lumière. Mais pouvait-on exiger d'un homme qui, en vingt-quatre heures, se retrouve à l'autre bout du monde pour apprendre qu'il a un fils de douze ans, de penser exclusivement aux autres ?

Une fois de plus, il se retourna tant bien que mal dans le hamac qui oscilla dangereusement. Puis, taraudé par l'insomnie, il se décida à se lever.

Il quitta le carbet sans bruit, et alla s'asseoir près du feu, livrant bataille contre les moustiques et les papillons de nuit qui zébraient l'obscurité.

Il y était depuis quelques minutes à peine lorsqu'une silhouette se profila, sortant du carbet de Patricia, une casserole à la main.

Mimi Siku ?

Il s'avança vers lui. Le jeune Indien marchait tranquillement vers un carbet voisin. Il ralentit le pas en voyant Stéphane venir à sa rencontre, puis s'arrêta net, sa casserole en inox en guise de bouclier.

Embarrassé, Stéph lui posa une main sur l'épaule, regrettant une seconde plus tard ce geste faussement paternel. Mimi Siku le regardait bien en face, sans la moindre gêne, et l'effrayante acuité de ses yeux chocolat et lumineux lui fit presque détourner la tête.

– Mimi… Écoute… Ce que je voulais te dire, c'est que… Enfin, je voudrais que tu saches bien… Tu comprends, ce n'est pas facile…

Il bredouillait. Il avait mal. Il aurait voulu trouver les mots pour lui expliquer l'inexplicable. Ou se trouver à des milliers de kilomètres de là. Mais tous ses efforts restaient vains. La barrière du langage demeurait un obstacle insurmontable.

Face à lui, l'adolescent continuait de soutenir son regard sans arrogance, mais ses yeux flamboyaient malgré tout d'une lueur goguenarde.

Il prononça quelques mots en wayana puis, voyant que Stéphane cherchait toujours les siens, il poursuivit simplement son chemin avec sa casserole à la main.

Stéph, l'estomac noué, le regarda grimper le petit escalier conduisant à l'intérieur du carbet. Là, il aperçut une autre silhouette qui émergeait d'un hamac. Il y eut des murmures féminins dans l'obscurité, de rares paroles échangées. Puis, Mimi s'approcha et tendit la casserole comme il aurait offert une gerbe de roses ou un coffret à bijoux.

Stéphane vit alors les deux silhouettes s'unir fougueusement à hauteur de lèvres, puis Mimi, prenant l'initiative, bascula dans le hamac avec la jeune Indienne. Des rires fusèrent du carbet, qui bientôt s'estompèrent, puis se fondirent dans un long roucoulement amoureux.

Interdit, Stéphane détourna les yeux.

– Merde alors, chuchota-t-il… C'est Charlotte qui avait raison…

La voix lui parvenait à travers une brume tiède et presque sensuelle. Il tâtonna, cherchant le corps de Charlotte, mais sa main retomba dans le vide.

– Stéphane… Stéph… réveille-toi !

Ce n'était pas la voix de Charlotte, ni celle de Richard d'ailleurs. Il ouvrit péniblement les yeux, et récapitula en une fraction de seconde les dernières quarante-huit heures de son existence. Paris, maître Voisin, Caracas, Bonaventure, Cavanayo, Palikou et Mimi Siku, son fils caché…

Autour du carbet, les voix et les cris des enfants s'effaçaient déjà devant la chaleur montante du jour. Seuls quelques singes hurleurs, là-bas, dans l'enfer vert, s'obstinaient encore à faire entendre leur étrange logorrhée musicale.

Stéphane découvrit Patricia penchée sur lui. Son visage doux à contre-jour, ses lèvres entrouvertes sur des dents d'une blancheur éclatante. Elle souriait.

– Stéph… Mimi voudrait t'emmener en forêt.

Stéphane mit un temps avant de répondre :

– En forêt ?…

– C'est sa façon à lui de te souhaiter la bienvenue.

– Tu ne le trouves pas un peu jeune pour aller seul en forêt…

– Tu es son père, tu le protégeras…

Le sourire de Patricia le convainquit presque, bien que, de toute évidence, elle se payât sa tête.

Après s'être extrait du hamac, il aperçut en effet par la fenêtre du carbet Mimi Siku qui l'attendait patiemment sur la rive du fleuve, adossé à l'étrave d'une pirogue. Il chaussa ses Weston, et enfila sa veste avant de se risquer sous le soleil aveuglant.

Patricia se glissa derrière lui.

– À propos, dit Stéph, je voulais te dire… Hier soir, j'ai vu Mimi aller dans le hamac d'une gamine à deux pas de chez toi. C'est normal, je suppose ?

Patricia plissa les yeux.

– C'était donc ça… Je m'étonne moins maintenant qu'il me manque encore une casserole.

– Quel rapport, la casserole ?

– Ici, une casserole est un cadeau. C'est un peu comme chez vous d'offrir des bijoux à une femme.

En traversant la place du village wayana, ils croisèrent Mouloukou qui lança un « Hello you ! » tonitruant, puis continua sur un rire chevrotant de mobylette poussive.

Stéphane haussa les épaules.

Mimi, en les voyant arriver, avait déjà eu le temps de mettre la pirogue à l'eau.

Patricia échangea avec lui quelques mots en wayana.

– Qu'est-ce que tu lui as dit ?

– Qu'il devait avoir de la vigilance pour deux…
À cause des caïmans !

– Génial, murmura Stéphane en enjambant le
mince plat-bord de la pirogue.

En voyant la silhouette de Patricia immobile sur
la rive, il songea à leur séparation treize ans plus
tôt. Cela devait ressembler un peu à ça : deux êtres
qui s'éloignent sans qu'une parole soit prononcée.
Et puis, au détour du fleuve, un coude imprévu et
derrière, l'absence, la solitude, le silence.

À présent, il savait pourquoi.

– Babounes ! Babounes ! cria Mimi.

Assis à l'avant de la pirogue, Stéphane leva les
yeux vers les singes atèles qui jouaient les funambules dans les arbres, se balançant de branche en
branche à travers l'enchevêtrement des lianes,
suspendus par la queue. Leurs cris perçants, tout
comme les grognements des ouakaris à tête rouge,
lui flanquèrent la chair de poule. Rien à voir, décidément, avec une promenade dominicale en forêt
de Fontainebleau.

Derrière lui, Mimi Siku pagayait avec énergie.
Pourtant, la pirogue glissait sans bruit sur
l'affluent de l'Oyapock, comme si le jeune Wayana
avait craint, par des remous trop violents, de
déranger ce monde végétal autour de lui.

– Babounes ! Babounes ! répéta-t-il en désignant
d'autres primates dans les arbres.

– Oui, Babounes, confirma Stéphane... Singes !...
C'est ça. J'ai l'impression d'être au zoo maintenant...

Un vol de hoccos les accueillit lorsqu'ils débouchèrent dans les eaux jaunâtres et huileuses de l'Oyapock.

Mimi Siku désigna les oiseaux d'un index accusateur.

– Hocco !... Hocco !...

– Hocco... Hocco... répéta en chœur Stéphane... Oiseau !... Y a pas à dire, mon dictionnaire s'enrichit !

Mimi haussa les sourcils, fronça le nez.

– Mais non... Hocco, c'est hocco... L'oiseau, c'est pompoko...

Stéph mit deux ou trois secondes à réaliser que l'adolescent ne s'était pas adressé à lui en dialecte wayana.

– Tu parles français ?

– Bien sûr.

– C'est Patricia qui t'a appris ?

– Maman Palikou.

Bizarrement, Stéphane se sentit soulagé d'un poids immense. Patricia n'avait pas cherché à faire de son fils un Indien demeuré, tout juste bon à dépiauter des tatous au fin fond de la Guyane. C'était déjà un point positif. De plus, le gamin avait l'air plutôt futé pour son âge.

Mimi Siku s'était tu. Du haut de ses douze ans, il explorait maintenant avec une extrême vigilance les berges du fleuve, y cherchant visiblement un point de repère.

Durant plusieurs minutes, ce fut un morne défilé d'arbres, mais sans laisser place à la moindre crique, au moindre embarcadère, à la plus petite anse à l'intérieur de laquelle ils auraient pu hisser la pirogue.

– Là ! dit enfin le jeune Wayana.

Il désignait une sorte d'îlot touffu qui paraissait se détacher de la rive.

– Nous… accoster derrière ! lança Mimi Siku…

Cela faisait déjà une bonne heure qu'ils marchaient, et, tandis que Stéph avançait avec peine, les pieds martyrisés par ses mocassins Weston, Mimi Siku, presque entièrement nu, semblait se jouer de tous les obstacles, se faufilant à travers la jungle avec une assurance acrobatique.

Bientôt, il se mit à courir et Stéph se lança à sa poursuite, jusqu'à sentir ses poumons près d'exploser.

Stéphane se laissa peu à peu distancer. À côté de cette progression infernale, courir dans les couloirs du métro aux heures de pointe était vraiment un jeu d'enfant.

Plusieurs fois, il faillit crier à Mimi d'arrêter pour lui permettre de le rejoindre, mais un sursaut d'orgueil l'en empêcha. Ce gamin, qui, au dire de Patricia, était son fils, n'allait tout de même pas lui dicter sa loi !

Soudain, Stéphane réalisa son effrayante solitude. Même à travers le lacis des lianes rampantes et virevoltantes, il n'apercevait plus un cheveu de la tête de Mimi.

Il appela timidement d'abord :

– Mimi...

Puis, désespérément :

– Mimi !... Mimi !

Il continua d'avancer néanmoins, n'ayant d'autre solution que la fuite en avant. Les Weston barbotaient dans un sol spongieux, freinant sa marche. La forêt se refermait sur lui plus sûrement qu'un étau. Là où Mimi flairait une piste, lui ne voyait qu'un bourbier marécageux au milieu d'une marée végétale où il était en train de se noyer.

Soudain, un frôlement anormal capta son attention sur sa gauche. Au moment où il allait tourner la tête, une petite voix, derrière lui, susurra :

– Pas bouger... Surtout pas bouger !

Il obéit. Un siffflement aigu suivit alors, rapide comme l'éclair. Et Stéph vit un énorme anneau bariolé s'effondrer à ses pieds.

Un bond prodigieux le rejeta en arrière, menaçant son équilibre. Un serpent long de plusieurs mètres gisait sur le sol, sa tête triangulaire transpercée d'une flèche minuscule.

Stéphane sentit son estomac se nouer.

– Heureusement que je t'ai suivi, fit la voix de Mimi Siku derrière lui... C'est bouroudou... S'il te pique, ton corps gonfle comme si tu avais bu trente calebasses de cachiri, et tu pisses le sang par le nez avant de mourir...

Stéph sentit ses jambes se dérober sous lui.

Le rire cristallin de Mimi l'obligea à se ressaisir.

– Tu trouilles, hein ?

– Il est vraiment mort ?

Mimi repassa devant lui, sa sarbacane à la main, et se saisit de l'extrémité molle du bouroudou qu'il agita un peu entre ses doigts comme s'il avait manipulé un ruban de guimauve. Stéph le vit alors approcher ses lèvres de l'animal, et, d'un seul coup de dents, lui sectionner la moelle épinière.

– Maintenant, lui faire dodo pour toujours ! observa Mimi, sérieux comme un pape.

– Tu veux encore du bouroudou ? demanda Mimi. J'ai aussi couata, des tripes de singe. C'est très bon pour donner force quand on a casserole à offrir...

– Non, merci, sans façons, on est déjà bourré de serpent. J'ai l'impression qu'il va agiter sa sonnette dans mon estomac.

– Bouroudou pas sonnette !

– Ah bon ! Je n'ai pas bien eu le temps de regarder...

Sur le feu, les restes du bouroudou mijotaient lentement, dégageant une odeur âcre et un peu écœurante. Mimi sortit son couata et l'offrit à nouveau.

Stéph faillit se boucher les narines :

– Oh non ! Qu'est-ce que c'est que ça... Ça coince, ce truc !

– Couata, répéta Mimi.

– Oui, ben, je préfère encore le bouroudou.

Mimi éclata de rire, et plongea sa main dans l'espèce de ragoût infect que lui avait préparé Patricia.

Stéphane eut un haut-le-cœur.

– Tu manges toujours des cochonneries comme ça ? s'enquit-il.

– Ça, des cochonneries ?... C'est sûr que ça ne vaut pas de bonnes larves de...

– Non, Mimi, je t'en prie, arrête, je sens le bouroudou qui me fait des nœuds dans l'estomac.

Mimi Siku haussa les épaules.

– Pas possible, lui mort... Et qu'est-ce qu'on mange chez toi ?

– Euh... C'est différent... De la viande, des frites, des escargots...

– C'est quoi des escargots...

Pris au dépourvu, Stéphane dut trouver une parade.

– C'est comme du bouroudou, mais beaucoup plus petit avec des cornes.

Pipi-de-Chat fit la grimace.

– Tu m'emmèneras dans ton pays ?

– Un jour, on verra...

– Moi, je voudrais voir la tour de Mouloukou.

– C'est quoi ça ?

– La grande flèche qui pique le cul du ciel, comme celle qui est sur collier grand-père Mouloukou.

– Ah oui ! la tour Eiffel... D'accord, quand tu seras un homme.

– C'est pour ce soir... Fanentéyou !

– C'est ça !

– Allez, dit Mimi Siku, maintenant, dodo !

– Dodo… dodo ! protesta Stéphane… On ne va tout de même pas dormir là… Tu ne préférerais pas qu'on rentre au village ?

– Non, dormir d'abord… Après, nous irons Lipo-Lipo… Mouloukou dit que c'est bon de faire la sieste après avoir mangé bouroudou.

– Alors, si Mouloukou l'a dit, se résigna Stéphane.

Mimi s'endormit presque aussitôt, couché en chien de fusil auprès du feu où grésillait le bouroudou réduit à l'état de charcuterie exotique carbonisée. Stéphane l'observa un long moment, presque attendri, suivit les mouvements réguliers de sa respiration jusqu'à ce qu'ils s'apaisent, puis s'allongea à son tour. Les yeux rivés sur les cimes des grands arbres entre lesquelles une lumière dure jouait avec la rapidité changeante d'un rayon laser.

Il ferma les yeux. Les oreilles emplies du jacassement des oiseaux et des murmures du fleuve qu'ils n'avaient fait que longer depuis qu'ils avaient abandonné la pirogue.

Malgré ses efforts, il ne parvint pas à s'endormir. Moitié parce qu'il pensait sans cesse à l'étrangeté de la situation, moitié par peur de l'environnement hostile où il se retrouvait piégé. À côté de lui, la présence du jeune Indien wayana lui semblait à la fois rassurante et paradoxale. Son fils !… Patricia ne lui avait pas même laissé le temps de s'habituer à cette idée qu'elle l'expédiait déjà à la chasse au bouroudou, en pleine jungle. Avec pour tout équipement un costume Francesco Smalto et une paire de mocassins Weston ! À quelques nuances près, il se sentait dans une situation comparable à celle d'un personnage de bande dessinée, subitement parachuté chez des Indiens jivaros.

Il se redressa et jeta un coup d'œil sur les traits réguliers de Mimi Siku endormi. Le teint mat, le visage mince et énergique, les muscles bien découplés… « Bon Dieu, ce gosse doit bien avoir quelque chose de moi, se dit Stéph, mais quoi ? »

Soudain, son regard s'abaissa jusqu'au cachimbé. Et, son cœur se mit à battre à tout rompre.

Il se leva en hurlant :

– Mimi !… bouge pas, une araignée !

Le cri réveilla en sursaut Mimi Siku qui, loin toutefois de s'affoler, se redressa sur son séant. Mais, au lieu de l'attaquer, c'est sur Stéph que l'animal fonça, dardant vers lui un regard froidement venimeux.

La mygale galopait maintenant dans sa direction avec la ferme intention de ne pas se laisser écraser d'un coup de talon. Il recula vers le fleuve. À moins d'un miracle, il n'aurait plus, en dernier recours, qu'à sauter dedans.

Mimi éclata de rire.

– Tu trouilles, Baboune !… Maïtika est très gentille, mais elle n'aime pas entendre hurlements sauvages… Fais plutôt attention à koukouié.

– Koukouié ?

– Derrière toi, dit Mimi Siku en pointant un index en direction de l'Oyapock.

Stéph fit volte-face. À deux encablures de la rive, glissant à fleur d'eau sans pratiquement soulever de remous, un alligator fonçait droit sur lui, mufle en avant, prêt à ouvrir sa gueule.

– Un cauchemar, murmura Stéphane… Ça ne peut être qu'un cauchemar !

Son karma, aurait interprété Charlotte.

Dans la nuit guyanaise, le battement rythmé des tambours distillait une étrange et ensorcelante mélopée.

Piétinant sur place autour d'un immense feu de lianes sèches, les danseurs wayana, graines de kwaï fixées en bracelets autour des chevilles et des poignets, y mêlaient un bruit de crécelle qui portait sur les nerfs et, paradoxalement, générait une sorte d'envoûtement rythmique, diminuant peu à peu le seuil de vigilance des assistants.

– Ils vont entrer en transe ? questionna Stéphane.

Patricia posa un doigt sur les lèvres de Stéph. Autour d'eux, les autres Wayana du village se goinfraient de grosses larves blanches et engloutissaient de pleines calebasses de cachiri. De temps à autre, l'un d'entre eux se levait en titubant pour aller régurgiter ses tubercules de manioc fermenté derrière un carbet, puis il reprenait sa place parmi les autres et recommençait à bâfrer, non sans avoir émis un rot de satisfaction.

Debout au centre du cercle des danseurs, Mimi Siku et un autre adolescent semblaient attendre quelque chose.

– Tu pourrais m'expliquer ? insista Stéphane.

– C'est Fanentéyou, dit Patricia.

– C'est ça, cause à mon hocco, ma perruche est malade…

Une ribambelle de gosses passa derrière lui en lançant des « Baboune ! Baboune ! » stridents qui s'envolèrent dans la nuit fauve.

Patricia tourna vers lui un visage qui grimaçait un sourire amusé sous les peintures ocre et rouge.

– On dirait qu'ils t'ont trouvé un nom, commenta-t-elle.

– Baboune !… Singe, tu parles d'un nom.

– C'est à cause de tes poils sur la poitrine, expliqua-t-elle. Ils trouvent que ça fait singe… Ici, même les hommes s'épilent.

Stéphane profita de l'opportunité pour ramener la conversation sur Mimi.

– Écoute, Patricia, je suis très embêté pour le petit, mais… Enfin, je ne sais pas du tout quand je vais pouvoir revenir…

– Tu vas l'emmener à Paris ?

– À Paris ?… Un jour, on verra. Mais en attendant, qu'est-ce que je peux faire pour lui ?… Je ne vais tout de même pas lui envoyer des mygales en peluche, un train électrique à Noël, ou un game-boy !…

– Tu n'as qu'à lui ouvrir un plan d'épargne loge-
ment, si ça existe encore… Tu en parlais tout le
temps à l'époque.

– C'est pas bête, admit Stéphane, j'y penserai en
rentrant.

Sans avoir conscience du ridicule de la sugges-
tion.

Il s'interrompit brusquement. Un jeune Indien
au front bas et à la carrure de taureau s'approchait d'eux, les yeux remplis de paillettes d'or et
phosphorescents comme ceux d'un chat. Il leur
tendit une sorte de grosse cigarette de feuilles roulées.

– Non merci, dit Stéph, si c'est pour être dans le
même état que lui.

– Mais non, le rassura Patricia. Il s'est mis du
piripiri, ça permet de voir la nuit quand on va à la
chasse.

Il saisit le gros rouleau sombre entre deux
doigts hésitants, renifla à la manière des chiens
policiers inspectant la consigne d'Orly Sud.

– Allez, encouragea la jeune femme, n'aie pas
peur, tout le monde en fume ici…

Stéph porta la cigarette à ses lèvres, aspira une
bouffée. Eut l'impression d'être à deux pouces au-
dessus du sol. Mais ne lâcha pas pour autant la
liane aux effets hallucinogènes.

Les tambours, à présent, s'étaient tus. Sur le
seuil de son carbet, le chef Mouloukou apparut,
coiffé d'une gigantesque parure faite de plumes et
de longues fibres de bois qui descendaient jusqu'au sol.

Le cercle des danseurs se rompit pour lui céder le passage. Puis, d'une voix forte, et posant une main sur la tête des deux adolescents, il entama une longue prière en wayana.

– Tu pourrais m'expliquer ? demanda à nouveau Stéphane dont les yeux commençaient à briller.

– Mouloukou est en train d'annoncer à la forêt qu'ils vont être admis dans la communauté des hommes.

– Mais… pourquoi il hurle, pour mieux se faire entendre des esprits ?

– Mais non, c'est parce qu'il est sourd comme un pot, le vieux.

– Ah…

Un jeune Wayana, d'une vingtaine d'années, s'approchait maintenant du vieux chef, une branche incandescente à la main. Mouloukou s'en saisit et la tendit au premier adolescent qui la tint quelques secondes dans sa main, puis l'offrit à son tour à Mimi Siku. Celui-ci s'empara du tison brûlant, puis, après l'avoir levé vers le ciel, le restitua au chef du village.

En voyant Mimi s'emparer du brandon, Stéph ne put réprimer une grimace de douleur fictive.

Des cris explosèrent, bientôt couverts par le son des tambours qui reprenaient, féroces dans leur sauvage gravité. Puis, femmes et enfants se précipitèrent pour offrir aux nouveaux impétrants de pleines calebasses de cachiri.

– C'est fait, dit Patricia, radieuse, Mimi est un homme à présent !

– Un homme, ricana Stéphane,... tu parles !... Chez nous, on apprend plutôt aux gosses à ne pas faire ce genre d'âneries !

Autour de lui, les carbets commençaient à vaciller sur leurs pilotis. Il écarquilla les yeux. Le vieux Mouloukou se dirigeait vers eux de son pas lent et majestueux. Il adressa quelques mots en wayana à Patricia.

– Qu'est-ce qu'il dit ? hurla Stéphane pour couvrir le bruit des tambours qui martelaient son cerveau embrumé.

– Il dit qu'il est très fier de Mimi Siku, et que toi, son père, tu dois en être très fier aussi.

Stéphane leva les yeux vers Mouloukou dont les adiposités avaient laissé place à une taille de guêpe, un visage allongé, et un crâne en pain de sucre.

– Ah oui, dit-il, fier, c'est sûr... Quoique entre nous, votre truc, ce soit un peu court pour un relais trois fois 400 m. Et vous, vous aviez parié sur quelle équipe ?

Mouloukou acquiesça.

Mimi Siku arrivait en courant, rayonnant de bonheur. Il tendit ses mains à Patricia pour qu'elle constate la profondeur de sa brûlure. Puis, se tournant vers Stéph, et soutenant son regard chaviré :

– Nous, à Paris demain avec toi, assena-t-il.

Stéph, de plus en plus hébété, s'efforça de stabiliser la forme qui ondoyait devant lui.

– Euh... Nous ?

– Moi et Mouloukou.

– Tu lui as bien promis que tu l'emmènerais avec toi lorsqu'il deviendrait un homme ? renchérit Patricia.

– Oui, enfin non… J'ai dit peut-être… je n'ai rien promis du tout… Pas plus que de faire le voyage avec l'autre emplumé.

– Tu refuses de tenir ta promesse ?

– Ah non, ce n'est pas ce que j'ai dit… Mais bon, ça peut attendre. Il y a le boulot, et puis je me marie dans un mois… C'est pas possible maintenant.

Les traits de Patricia s'étaient subitement altérés. Le rouge lui monta au front. Pendant une demi-seconde, elle regarda ailleurs, très loin, pour dissimuler son trouble. Puis, elle dit d'une voix tremblée :

– Tu te maries ?… C'est formidable !

– Je ne te le fais pas dire… Alors, Mimi…

Patricia se redressa brusquement, et toisa Stéphane d'un air furibond.

– Ça ne change rien à l'essentiel… Demain, peut-être, on verra, le boulot… Ici, ce sont des mots qui ne veulent rien dire.

Stéphane se leva à son tour, chancelant.

– Des mots qui veulent rien dire ?… C'est pas ma faute à moi si vous comprenez rien dans ce bled… Tu mets treize ans à m'annoncer que j'ai un fils, et maintenant tu voudrais que je le ramène à Paris avec moi… À la DDASS oui, comme tout le monde !

– À la DDASS, non, mais tu es cinglé, mon pauvre Stéphane.

Sur le visage de Patricia, la colère enflait à vue d'œil, imprimant aux muscles maxillaires des tremblements spasmodiques. D'une voix outragée, elle prononça :

– Personne ne t'a demandé de venir… Tu débarques ici pour me faire signer des papiers de divorce, j'accepte, mais toi, tu n'es même pas fichu de tenir une promesse faite à ton fils ! C'est minable, Stéph…

À l'emportement succéda un silence éprouvant. Stéphane, frappé de mutisme, semblait fossilisé sur place. Les yeux rivés sur Mimi Siku, il le contemplait d'un air à la fois las et stupide, comme s'il attendait qu'il lui vienne en aide. Soudain dégrisé.

Cédant aux remords, Patricia vint alors se blottir dans ses bras. Il crut qu'elle allait se mettre à pleurer, mais elle se contenta de poser sa tête dans le creux de son épaule, et de mendier quelques instants de tendresse.

– Ça fait treize ans que je ne me suis pas mise en colère, murmura-t-elle. C'est long, tu sais, treize ans… Si tu veux bien, je lui parlerai demain…

Stéphane éprouva un sentiment confus de gêne et de fierté mélangées. La promesse faite à Charlotte lui semblait dater de l'ère quaternaire, vue de Lipo-Lipo.

Mimi Siku avait disparu.

Pendant une ou deux minutes qui lui parurent une éternité, Patricia demeura soudée à lui. Ne sachant quoi faire de ses mains, il se résolut enfin à lui entourer les épaules dans un geste protecteur.

Gorge sèche, et moteur cardiaque emballé à deux cents à l'heure. Treize années en arrière d'un seul coup. Comme un boomerang, ou une vague déferlante, lui revinrent en mémoire des sensations oubliées, occultées plutôt. Un parfum, un baiser à la terrasse d'un café, une nuit de folie à l'hôtel, des orages aussi dans leur studio de la rue Lauriston…

Soupçonnant le danger, il se dégagea doucement. En lisière des paupières de Patricia, la peinture avait coulé en virgules sombres, comme un mauvais rimmel. Il fourragea dans sa poche, à la recherche d'un mouchoir.

Patricia tamponna ses yeux brûlés par l'enduit végétal, puis se moucha bruyamment.

Stéphane se sentit alors tiré violemment par la manche.

Mimi Siku se tenait à ses côtés, largement hilare. Il tenait une casserole à la main.

– Dis, Baboune, je te la prête si tu veux…

– Hein ?

– Ben, pour maman Palikou…

7

– Monsieur !… Monsieur !… Réveillez-vous !

L'injonction presque désagréable de l'hôtesse d'Air France obligea Stéphane Marchado à soulever son bandeau. Il avait somnolé un bon quart d'heure depuis le décollage et réprima comme il put un bâillement intempestif.

– Oui ?…

– Monsieur, le jeune garçon qui est là-bas est avec vous ?

– Euh, oui, oui… C'est mon…

Blocage. Les mots refluèrent sur ses lèvres.

– Enfin, il est avec moi, en effet…

– Alors, pourriez-vous lui dire s'il vous plaît de ne pas uriner contre la porte du poste de pilotage ? L'un des copilotes a dû changer de pantalon à cause de lui.

Ahuri, Stéphane ne sut que balbutier un :

– Tout à fait, mademoiselle…

Désemparé.

Il était prêt à faire une nouvelle poussée d'adrénaline lorsque Mimi apparut dans l'allée, vêtu d'un short en jean, et d'une chemisette estampillée Coca-Cola.

– Content d'être avec toi, Baboune ! lança-t-il. Oiseau de fer très confortable.

Décontenancé, Stéph tint malgré tout à exercer un semblant d'autorité paternelle.

– Mimi, je t'ai déjà dit qu'on ne faisait pas n'importe quoi… Ce n'est pas parce que tu t'appelles Pipi-de-Chat que…

– Oh, c'est pour ça. Je n'y pouvais rien, Baboune, j' te jure sur tête de Maïtika.

– Ah bon, et pourquoi ?

– C'est à cause de la grosse femme…

Stéphane s'attendit au pire.

– Elle enfermée dans petit endroit si longtemps que moi obligé de sortir mon truc avant prochaine lune !

Mimi Siku déambulait, bouche bée, dans le hall très encombré de l'immense aéroport de Roissy où mitonnait une chaleur accablante. Une grève partielle du personnel navigant retardait la plupart des vols en partance pour l'Afrique du Nord, et les passagers, déconfits, fixaient obstinément les tableaux électroniques annonçant les nouveaux horaires de départ.

Bagages à portée de main, la plupart d'entre eux trompaient leur attente en lisant un journal, d'autres en observant le va-et-vient. Malgré sa chemisette Coca-Cola, sa tignasse brune et les marques rituelles que Mimi portait au front suscitèrent quelques regards interloqués.

– C'est ici chez toi ? demanda-t-il.

– Ça commence ici… confirma Stéphane Marchado.

Au contrôle des frontières, le policier compara longuement la photographie étiquetée sur le passeport, et le visage du jeune Indien wayana qu'il avait en face de lui. Mimi le fixa sans ciller de ses grands yeux lumineux.

– C'est votre fils ? interrogea le policier.

– C'est mon fils…

– Et il s'appelle… Mimi Siku ?

– C'est de l'indien wayana…

Le douanier, un jeune type au visage grêlé et aux épaules contrefaites, hocha gravement la tête.

– Il ne vous ressemble pas.

« De quoi je me mêle ! » songea Stéphane.

– Baboune, tu veux que je fasse comme dans l'avion ? proposa Mimi.

– Non, non, s'empressa Stéphane, on ne fait pas comme dans l'avion, on est bien gentil et on dit merci au policier.

Nerveux, il prit l'adolescent par la main et l'entraîna vers la sortie. Richard Montignac avait promis de l'attendre près du premier kiosque à journaux. Lorsqu'il aperçut Stéphane, il se précipita au-devant d'eux.

– C'est lui ? demanda Mimi Siku en voyant foncer un bolide frisé au front dégarni et plutôt enveloppé au niveau du quinzième parallèle immédiatement au-dessous de l'équateur.

– Alors, lança Richard Montignac, t'as de nouveaux tuyaux ?

Stéphane fronça les sourcils d'un air buté.

– Non, mais de quoi tu parles ?

– Mais, du soja mon p'tit vieux. T'as regardé les cours de ce matin ? Le soja est tombé à 149 dollars la tonne. On est mal, je te dis qu'on est mal, Stéph.

– Comment ça, on est mal ? T'as pas vendu ?

À voir l'air pantois de Stéphane Marchado, Richard Montignac soupçonna un quiproquo désastreux.

– Oh non ! fit Stéph, ne me dis pas que…

– Tu ne m'as pas confirmé l'ordre de vente, se défendit Montignac. Alors, mets-toi à ma place. Je te connais. Si j'avais pris la moindre initiative, tu aurais encore trouvé le moyen de me dire que je m'étais planté…

Les yeux exorbités, Stéphane Marchado laissa tomber son sac de voyage à la verticale de son poignet, et en plein hall de l'aéroport, se mit à hurler en secouant Richard Montignac par le revers de sa veste :

– Mais, tu t'es planté, Richard ! Tu t'es planté…

Ses cris attirèrent les regards courroucés des deux policiers en faction à la sortie de l'aéroport.

– Baboune ! Baboune !… s'écria Mimi Siku. Toi pas crier, faire peur à Maïtika.

Pour la première fois, Richard Montignac consentit alors à baisser les yeux.

– Et qui c'est le petit manouche, il veut sûrement laver les carreaux de mes lunettes… Allez, file !

– Richard… se radoucit Stéph.

– Oui ?

– C'est mon fils.

– Ah, parce que t'as un fils maintenant !

– Je ne le savais pas moi-même il y a soixante-douze heures.

Abasourdi, Richard Montignac empoigna le sac de voyage de Stéph et franchit les portes de l'aéroport sous l'œil hargneux des deux policiers.

– Qu'est-ce qu'il a ? demanda Mimi.

– Sais pas, grogna Stéphane… Il a pas dû digérer son bouroudou.

Le nez collé aux vitres de la Cherokee, Mimi Siku découvrait, dans un mélange de fascination et d'effroi, le panorama sans âme des tours de la Défense. Que c'était laid et triste à côté de Lipo-Lipo ! Un soleil éclatant ruisselait pourtant sur les cathédrales de verre et de béton, réchauffant un peu le climat polaire de cet îlot ultramoderne aux frontières de la ville.

Il entrouvrit une glace, mais la referma presque aussitôt en se pinçant les narines. Dehors, avec la chaleur qui rameutait tout un tas d'odeurs méphitiques, ça sentait plus fort qu'un ragoût de couata. On suffoquait. Quelle idée avait-il eue de suivre Baboune jusqu'ici ! Ils étaient si bien avec Palikou dans le carbet du village. Mouloukou aurait pu apprendre à Baboune tout ce qu'un guerrier wayana doit savoir pour chasser le bouroudou et tirer les hoccos à la sarbacane. Il lui aurait enseigné les secrets du piripiri, à flairer les pistes dans la jungle, à ne plus avoir peur des koukouié qui rampent sur l'eau.

Il se hissa sur son siège pour voir s'il apercevait la tour Eiffel. Mais il ne voyait encore rien qui ressemblât à l'image que grand-père Mouloukou portait gravée autour du cou.

À l'avant du véhicule, Stéphane et Richard Montignac poursuivaient leur affrontement sans lui prêter attention. Richard conduisait.

– Et d'où il est ce marmot ? demandait-il.

– Il est né dans un village wayana, en forêt, pas loin de l'Amazonie. Patricia l'a élevé là-bas. Elle était enceinte quand elle m'a quitté.

– Je comprends rien du tout, se résigna Richard. T'es divorcé au moins ?

– Pas vraiment.

– Et Charlotte est au courant ?

– Pas encore.

– Oh la la ! on est mal, on est vraiment mal…

La Cherokee traversait maintenant la Seine. À quelques mètres en contrebas, sur le fleuve, une péniche s'engageait sous le pont de Neuilly.

– Elles sont grandes tes pirogues, commenta Mimi… Tu m'emmèneras, Baboune ?

– Mais oui, s'impatienta Stéphane, Baboune t'emmènera… Et Roustan ?

– T'imagines ! Il est fou de rage… Il refuse de nous couvrir. Il dit qu'on a qu'à se… Il comprend tout ce qu'on dit ?

– Presque !

– Il dit qu'on a qu'à se démerder ! conclut Richard à voix basse.

Stéphane décrocha le téléphone de voiture. La voix d'une hôtesse de Radio Com 2000 résonna dans le combiné.

– Nom de Dieu, jura Stéphane, qu'est-ce qu'on va prendre ! Il ne nous reste plus qu'à trouver un débile qui veuille bien nous racheter 1 500 tonnes de soja au pied levé.

– Je donne ma langue au chat !

– Ben, faudra pas que le chat soit trop difficile.

Il composa le numéro de l'appartement et obtint Charlotte au bout du fil après deux sonneries seulement. À croire qu'elle couchait près du téléphone.

– Oui, c'est moi… Une surprise ?… Moi aussi, j'ai une surprise… Non, nous parlerons de tout ça tout à l'heure… Charlotte… non… À tout à l'heure… Oui, je t'embrasse.

Il raccrocha sèchement. Les nerfs à vif, l'estomac noué. Charlotte le barbait sérieusement avec ses préparatifs de mariage. À croire que le sort du monde était suspendu à l'anneau nuptial qu'il lui passerait au doigt. Elle ne devait penser qu'à ça jour et nuit.

– Téléphoné à fiancée ? interrogea Mimi.

– Oui…

– Pas content ?

– Si.

– Plus content avec maman Palikou ?

Stéph crispa les poings. Entre les obsessions de Charlotte, les jérémiades de Richard, les 1 500 tonnes de soja qu'il avait sur les bras, et les commentaires de Mimi, ça tournait vraiment mal pour son karma !

– Meilleur avec Palikou ! confirma Mimi Siku dans un clin d'œil au rétroviseur.

Cette fois, Stéphane n'eut pas le courage de répondre.

Accroupi sur un canapé de cuir fauve, un petit sac posé devant lui, Maïtika enfermée dans sa boîte d'allumettes à côté du sac, Mimi Siku lorgnait la secrétaire blonde qui se déchaînait sur le clavier de son ordinateur Rank Xerox. Pianotant de tous ses doigts avec une virtuosité fantastique, et sans jamais fixer autre chose que l'écran fluorescent dont elle se protégeait par un second écran antireflet.

Périodiquement malgré tout, elle levait le nez de ses dossiers pour couler un regard amusé vers l'adolescent. Plusieurs fois même, elle risqua une œillade à laquelle Mimi Siku répondit de bonne grâce.

Elle n'était certes pas aussi jolie que Palikou, mais elle ne manquait pas de charme avec ses longs cheveux blonds, ses yeux noirs et sa petite fossette au menton qui soulignait encore son faux air de poupée Barbie.

Par la porte du bureau entrouverte, on entendait des éclats de voix ponctués de silences tendus, puis l'orage reprenait. Cela faisait déjà une demi-heure que Stéph était entré dans le bureau de François Roustan en compagnie de Richard Montignac. Mais, indubitablement, les hostilités se prolongeaient.

Le crépitement du clavier fit une pause. La secrétaire alluma une Marlboro.

Fasciné par la flamme du briquet Bic, Mimi s'avança vers le bureau de la jeune femme.

– Tu fais du feu ?

Sourire attendri de la blonde aux yeux de braise.

– Il te plaît ?… Je te le donne en cadeau…

Pipi-de-Chat hésita, puis s'empara du petit briquet rose qu'elle lui offrait.

– Jamais refuser cadeau, dit-il… Pas bon !

Il revint s'asseoir sur le canapé, et fit jouer la molette du briquet. Une petite flamme jaillit, facétieuse et dorée.

Pendant quelques secondes, la secrétaire le vit renouveler l'opération à plusieurs reprises, puis Mimi lâcha soudainement le briquet et se leva précipitamment. Son visage avait changé. Il paraissait inquiet.

– Quelque chose qui ne va pas, mon bonhomme ? s'inquiéta la jeune femme.

– Maïtika… souffla Mimi… Partie !

– On était à 149 à l'ouverture, beuglait François Roustan, un quinquagénaire sanguin qui ressemblait vaguement – très vaguement – à Harrison Ford. Si ça continue comme ça, demain on sera à 120 ou 110, et on fera le grand saut ! Vous imaginez les dégâts sur 1 500 tonnes ?… Il y aura sûrement un arbitrage négatif, et alors là je ne donne pas cher de votre peau. Il va bien falloir que quelqu'un paye. Eh bien, ce ne sera pas moi, ni nos clients d'ailleurs. Alors vous avez intérêt à trouver une solution, et fissa ! Sinon, il y aura de la cervelle sur les murs…

– Et du couata sur les pavés ! grommela Stéphane entre ses dents.

Roustan lui lança un regard effaré.

– Qu'est-ce qu'il me fait celui-là ?

– C'est rien, intervint Richard, calmez-vous, monsieur Roustan, on va trouver une solution.

– Ah oui, et vous comptez vous y prendre comment ?

– Pas en hurlant en tout cas…

– Je hurle si je veux, je suis encore chez moi figurez-vous… je ne vous ai pas pris comme associés pour que vous m'entraîniez à la faillite…

Tassé sur son siège, Stéphane avait blêmi. Là-bas sur la moquette, Maïtika venait de faire son apparition et longeait tranquillement la plinthe. Elle se baguenauda pendant quelques secondes, puis, exaspérée par les glapissements du financier, la mygale se rua hargneusement dans sa direction.

Sans réfléchir, Stéphane bondit de sa chaise et fonça dans le bureau de la secrétaire en hurlant.

– Dites, il est malade ou quoi ? s'enquit Roustan à voix basse.

– Mais non, mais non, rassura Richard… Il revient d'Amazonie, il a dû prendre une mauvaise fièvre… Je vous le ramène.

Il passa dans la pièce d'à côté. Stéph était juché sur le bureau de la secrétaire, le visage convulsé.

– Mimi… Ramasse-moi ça tout de suite !

La mygale avait fait demi-tour et fonçait maintenant vers le canapé, se guidant sur les cris de Stéphane comme sur un écho radar.

Mimi Siku, lui, était à quatre pattes sur la moquette.

– Maïtika pas sage, chuchota-t-il à ras du sol… Pas sortir sans permission.

Richard Montignac aperçut alors la mygale qui réintégrait la boîte d'allumettes. Mimi crut qu'il allait tourner de l'œil.

– Tu peux m'expliquer ? articula-t-il, la gorge nouée.

Mais Stéphane avait déjà quitté son perchoir et filait vers le bureau de Roustan. Richard l'y rejoignit, médusé.

– Fausse alerte ! lança Stéph en s'asseyant… tout est calme sur le front… Où en étions nous ?

– Je ne veux plus jamais de ça, tu entends, Mimi ? grondait Stéphane Marchado… Maïtika, tu la laisses dans sa boîte, et elle n'en sort pas. Sinon, couique ! Comme bouroudou…

– Maïtika gentille, protesta Pipi-de-Chat. Si on lui donne bon manger, elle dormir toujours.

– C'est ça, dormir… et surtout pas se réveiller, d'accord ?

Mimi ne répondit pas. Le visage renfrogné, boudeur.

La Cherokee longeait le musée Guimet. Richard obliqua dans l'avenue du Président-Wilson. Au passage, Stéph eut une pensée pour Patricia. À présent, les rôles étaient presque inversés. C'était elle qui devait ruminer à Lipo-Lipo en se demandant ce que pouvait bien faire Mimi Siku, égaré dans la jungle parisienne. Une jungle où les règles n'étaient sans doute pas les mêmes que dans la grande forêt équatoriale. Mais une jungle non moins dangereuse, surtout pour un Indien wayana de douze ans.

Richard Montignac profita d'un léger embouteillage avant le pont de l'Alma pour téléphoner. Stéphane l'entendit négocier avec un investisseur potentiel.

– Si… Je vous assure, monsieur d'Arbois… Oui, le risque est minime… Et la récolte de printemps s'annonce… Oui, je vous en donne la primeur, je vous offre la possibilité de saisir au vol 1 500 tonnes de tourteaux de soja, une affaire… je vous…

Richard Montignac resta stupidement avec le combiné en main.

– Il a raccroché… il m'a traité d'escroc.

– Ça t'étonne ?

Ils traversèrent enfin le pont de l'Alma. Derrière eux, regardant de tous côtés, Mimi Siku semblait avoir la capacité oculaire giratoire d'une mouche suceuse de sang.

Quelques instants plus tard, la Cherokee stationnait en bas de l'immeuble, avenue Élisée-Reclus.

– C'est là que tu vis, Baboune ? demanda Mimi… Et la tour qui pique le cul du ciel ?

– Un peu de patience, bonhomme ! Bon, Richard, tu restes là avec Mimi, et tu me donnes cinq minutes… Ensuite, tu montes. Ça devrait me laisser le temps de préparer Charlotte.

Stéph descendit côté trottoir, et s'engouffra dans l'entrée de l'immeuble.

– Elle est jolie fiancée Baboune ? demanda Mimi en le voyant disparaître derrière la lourde porte en chêne massif

– Jolie ?… oui, fit Richard Montignac… Mais chiante, alors là… chiante, tu peux pas savoir…

Stéphane posa son sac de voyage dans l'entrée de l'appartement avec une sorte de soulagement mêlé d'angoisse. Promena un regard inquisiteur autour de lui, inspecta les meubles ultramodernes, les aquarelles accrochées aux murs – trois étaient des œuvres de Charlotte – les tapis marocains. Rien n'avait changé. Pour une fois, Charlotte avait pu demeurer quarante-huit heures sans être saisie d'une frénésie de changement dont la traduction était généralement le bouleversement de l'ordre des pièces ou l'achat d'un nouveau bibelot exotique. Son carbet lui plut.

– Charlotte !

Pas de réponse.

– Charlotte !

Une voix sourde lui répondit enfin.

– C'est toi, Stéph chéri ?… ne bouge pas, ferme les yeux et concentre-toi !

C'était bien le moment. Stéph s'exécuta malgré tout. Des bruits de pas se rapprochèrent.

– Vas-y ! tu peux ouvrir les yeux.

Il les ouvrit. Debout au milieu du salon, Charlotte, radieuse, paradait, revêtue d'une somptueuse robe de mariée new age signée John Galiano.

– Alors, qu'est-ce que tu en penses ?

Un moment ébloui, Stéph ne sut quoi répondre. Elle se jeta dans ses bras, se lova contre lui pour l'embrasser.

– Et en plus, j'ai choisi la date du mariage, précisa-t-elle. Ce sera le 12... Tu te rends compte, le 12 !

– Formidable, dit Stéph, mais pourquoi le 12 ?

– Mais enfin, chéri, le 12, c'est l'idéal... C'est zazen !

– Ah bon... Seulement, je voulais te dire, Charlotte... pour le 12, ça va être un petit peu juste.

Elle relâcha son étreinte, recula d'un pas.

– Pourquoi ? Tu n'es pas divorcé, c'est ça ?

– Si, mais si, voyons, enfin presque... Il me manque juste quelques papiers... C'est l'affaire de quelques jours.

La mine déconfite, Charlotte empoigna le bas de sa robe et exécuta un demi-tour d'allure martiale, mondaine et primesautière. Elle se laissa tomber sur le canapé, boudeuse. Ses yeux lançaient des éclairs fugaces qui se perdaient dans le vide, snipers dérisoires d'une âme en déroute.

– De quelques jours... je te le dis tout de suite, ce n'est pas possible, Stéph... Maître Dong avait tout calculé. Lune montante, 4e cycle de l'année du Chien, biorythmes, thème astral, correspondances karmiques... Si nous ne pouvons pas nous marier le 12, je te préviens, ça repousse notre mariage d'un an. Or, l'année prochaine, c'est l'année du Porc, et je n'ai nullement l'intention de me marier l'année du Porc. D'ailleurs, maître Dong s'y oppose formellement.

Stéphane vint s'asseoir auprès d'elle.

– Écoute, il est bien gentil, ton maître Ding, mais…

– Dong !

– Oui, Ding… Dong… ça n'est pas vraiment le problème… Je ne te demande que quelques jours de plus…

Capricieuse, Charlotte bondit du canapé et gagna la cuisine américaine où une petite table était dressée : vaisselle octogonale, serviettes en papier et verres en cristal, bordeaux chambré.

Stéphane l'y rejoignit en marmonnant. Charlotte se servait un verre de Château-Figeac 85.

– Il y a un autre problème, ajouta Stéph en prenant place en face d'elle.

– Arrête, Mimi ! ordonna Richard Montignac en empêchant l'adolescent d'appuyer pour la énième fois sur le levier du klaxon.

Mimi Siku abandonna son jeu à contrecœur. Cela faisait déjà un bon moment que Baboune avait disparu à l'intérieur du grand carbet, haut comme la tour Eiffel, et Richard ne se décidait toujours pas à l'y rejoindre.

– Alors, on y va ? demanda-t-il.

– Laisse-leur encore un peu de temps, grommela Montignac… Ça fait plus de trois jours qu'ils ne se sont pas vus.

Mimi Siku parut s'absorber dans une réflexion salutaire.

– Baboune avoir beaucoup de casseroles ? s'enquit-il enfin.

– Des casseroles… pourquoi tu me demandes ça ?… j'en sais rien, moi. Je suppose qu'il en a quelques-unes… des casseroles.

– Parce que si Baboune a beaucoup casseroles, nous attendre ici encore longtemps.

– Mimi Siku ? prononça Charlotte du bout des lèvres.

– Ça veut dire Pipi-de-Chat, précisa Stéphane. Là-bas, les enfants choisissent leur nom dès l'âge de huit ans… C'est un peu comme si nous on s'appelait « tasse à café » « œuf mollet » ou « vélodrome d'hiver » tu vois…

– Et pourquoi pas « Charlotte aux poires » tant que tu y es, tu me prends pour une gourde ?… Et d'abord, comment sais-tu qu'il s'agit de ton fils ?

– Il semblerait.

– Tu en es absolument certain ?

– Sa mère l'est en tout cas.

Charlotte reprit un verre de Château-Figeac, en avala une gorgée sans respirer.

– Tu connais la phrase de Lao-tseu : « Aveugles, nous suivons le sentier de la vie ; la petite perle sur ton chemin, la verras-tu ? »

– Je t'en prie, Charlotte, c'est déjà assez compliqué comme ça.

Elle s'était levée. D'un regard circulaire, elle embrassa la cuisine avec tristesse, comme si elle contemplait un lieu où elle savait ne jamais devoir revenir. Puis, sans ajouter un mot, elle quitta la pièce.

Stéph l'entendit claquer la porte de sa chambre avec une violence inouïe comme vibrait la sonnette de la porte d'entrée.

L'ascenseur se referma dans un grincement métallique.

– Alors ? fit Richard.

– Ça va aller, dit Stéph d'une voix flasque.

Il entraîna Mimi derrière lui, tandis que Richard se ruait sur le téléphone, et alla frapper à la porte de Charlotte.

Sans attendre la réponse, il entra sur la pointe des pieds. Charlotte était allongée sur le dos, à même la moquette et se livrait à des exercices respiratoires de yoga.

– Charlotte, je te présente Mimi Siku !

La jeune femme inspira bruyamment, puis conserva l'air dans ses poumons jusqu'à la limite de l'asphyxie. Tourna la tête lorsqu'elle eut expiré en phase terminale.

– Bonjour, petite perle, dit-elle avec un sourire crispé.

Mimi leva un œil interrogateur vers Stéph.

– Fais la tortue sur le dos ta femelle, aide-moi, Baboune, on va la remettre à l'endroit.

– Je t'expliquerai, dit Stéph en refermant doucement la porte. Viens plutôt voir ta chambre.

Il le guida à travers un couloir sans lumière.

– Ici, c'est la salle de bains pour se laver, et ici les toilettes, comme celles qu'il y avait dans l'avion. Tu as compris ?

Au fond du couloir, il ouvrit la porte d'une petite chambre sobrement meublée. Mimi se jeta sur le matelas.

– Bon pour dormir… Mais moins bon que hamac !

– Ici, pas de hamac, répliqua Stéph, agacé. Tu dormiras dans un lit. Et puis essaye d'être gentil avec Charlotte. C'est vrai quoi, t'étais pas prévu au programme. Fais un effort !

– Promis, Baboune !

– Et surtout, ne laisse pas Maïtika vadrouiller dans l'appartement.

– Promis, Baboune !

– Et cesse de dire : « Promis, Baboune » !

– Promis, Baboune !

De rage, Stéph faillit claquer la porte derrière lui et l'envoyer au diable.

– On mange dans un quart d'heure, assena-t-il.

– C'est quoi un quart d'heure ? demanda Pipi-de-Chat.

8

Patricia-Palikou s'éveilla en sursaut. Des profondeurs de la jungle plongée dans la nuit anthracite, s'éleva le roucoulement lugubre d'un charognard que couvrit bientôt le tambourinement lancinant de la pluie. Seule dans son carbet, elle se sentait comme orpheline. Le hamac de Mimi Siku, à deux pas d'elle, était vide. Il avait même emporté son arc et ses flèches. Plus rien de sa présence, de ses facéties, de ses fous rires, ne subsistait hormis dans sa mémoire sans cesse sollicitée.

Elle se leva et jeta un coup d'œil par la fenêtre. La pluie noyait Lipo-Lipo, transformant la terre en une soupe grumeleuse qui ne se solidifierait qu'avec le retour du soleil au petit matin. Seul le chien, Wakapi, errait encore comme une âme en peine sur la place du village.

Le grondement sourd de l'orage le fit d'ailleurs déguerpir à toute allure pour aller se terrer sous le plancher du carbet de Mouloukou.

Elle alluma la mèche de la vieille lampe à pétrole et s'assit au petit bureau que lui avait fabriqué Akaletpë, l'artisan-piroguier du village. Une rame de papier et plusieurs stylos-bille s'y ennuyaient dans l'attente d'une thèse commencée cinq ans plus tôt et jamais terminée.

Depuis qu'elle vivait à Lipo-Lipo, en effet, elle avait peu à peu renoncé à son œuvre d'ethnologue. Elle ne se considérait plus comme la femme blanche venue partager la vie des Indiens wayana pour en rapporter les mœurs à quelques spécialistes du CNRS, mais véritablement comme l'une d'entre eux. Acceptée par la communauté, adoptée par Mouloukou, elle avait partagé leurs rites, leurs deuils, leurs souffrances et leurs joies au quotidien, et tout lui interdisait désormais de transformer cette expérience intime en un gros bouquin de six cents pages que liraient, seuls, quelques ethnologues pompeux et deux ou trois centaines d'étudiants. Elle avait mieux à faire que de déballer son âme en librairie.

Ce n'était pourtant pas de cette thèse-là qu'elle souhaitait se délivrer à présent. Mais d'une lettre adressée à Mimi Siku, une lettre qu'elle avait commencée à la nuit tombée sans parvenir à l'achever. Et dans laquelle elle lui dirait son désarroi, sa hâte de le revoir à Lipo-Lipo, parmi les siens.

Penchée sur le petit bureau de bois blanc où la lumière tremblotante dessinait des taches blondes entre les ombres, elle prit une feuille vierge. D'ordinaire, les mots lui venaient aisément. Mais, cette fois, elle était si peu sûre d'elle qu'elle décida de rédiger un brouillon préalable :

Mon cher Mimi,
J'ignore si tu pourras lire seul cette lettre, mais tu demanderas à Baboune de t'aider. Ici, tout va bien. Mouloukou a été un peu souffrant, mais le sorcier Palawéna l'a très vite guéri avec la petite fumée et du toloma... La pluie n'arrête pas de tomber depuis

que tu es parti. J'espère que tu nous ramèneras le soleil à ton retour de chez Baboune. Je m'ennuie de toi. Mimi...

Elle s'interrompit. La lettre était décousue, aigre-douce, pessimiste surtout, et elle songea qu'elle n'avait décidément aucun droit de gâcher la première rencontre de Mimi avec Stéphane. Stéph était son père. Tous deux avaient besoin de faire connaissance sans qu'interfère une quelconque image maternelle. Son besoin d'écrire avait été dicté par un pur sentiment d'égoïsme. Au pire, si elle ne pouvait pas maîtriser son impatience, elle téléphonerait de la poste de Cavanayo.

Elle déchira la lettre comme Mouloukou grimpait l'escalier du carbet, traînant la jambe. Patricia se leva en hâte pour l'accueillir.

– Ça va mieux ? demanda-t-elle en wayana.

– Beaucoup mieux, dit Mouloukou en acceptant la chaise qu'elle lui offrait.

Puis, apercevant la rame de papier et les stylos en désordre :

– Tu t'ennuies de Mimi, n'est-ce pas ?

Patricia baissa les yeux.

– Tu ne devrais pas, dit le chef wayana. Il est normal qu'il soit quelque temps avec son père. N'aie crainte, grand-père Mouloukou a fait un rêve la dernière lune : Mimi reviendra... Tu ne dois pas te faire du souci. Quand l'esprit est en paix, alors tout est en ordre. Si l'esprit se trouble, alors le malheur entre dans ta maison.

– Et Baboune ? se surprit à demander Patricia.

Mouloukou sourit gravement. Puis, rassemblant les quelques mots de français qu'il connaissait, il se mit à faire le pitre en roulant des yeux effrayants d'épileptique.

– Baboune ?... Mauvais père pour Pipi-de-Chat... Lui pas vouloir vieux chef Mouloukou monter à flèche qui pique le cul du ciel !... Si revenir ici, lui finir dans l'estomac bouroudou.

Autour de la petite table de cuisine, Stéphane Marchado se serrait contre Richard Montignac dont les doigts malhabiles hésitaient sur le clavier de l'ordinateur.

– Tiens, voilà les cours du Chicago Stock Exchange... Oh merde, ça a encore baissé... d'au moins un dixième de point.

– On est mal, on est mal, répéta Stéphane.

– Ça pour être mal, on est mal, renchérit Montignac.

Virevoltant autour d'eux dans sa robe John Galiano, Charlotte officiait dans un silence mystique, un chaton au poil fauve nommé Ficelle en équilibre sur l'épaule. Fouillant dans le réfrigérateur, elle en sortit un plateau de viande froide élégamment décoré de cornichons qu'elle déposa sous le nez de Richard avec fracas.

L'air parfaitement indifférente à leurs soucis comptables, elle ouvrit ensuite une boîte de Kitekat pour Ficelle et en versa le contenu dans une écuelle. Puis, elle se mit à éplucher un œuf dur qu'elle trempa dans un pot de mayonnaise avant de le porter à ses lèvres carminées.

Assis au bout de la table, Mimi Siku renifla l'écuelle du chat avec circonspection.

– C'est quoi ?

– Bon manger pour le chat, minauda Charlotte... très bon manger pour miaou...

Les yeux rieurs de l'adolescent se plissèrent dans un sourire de connivence.

– Ah ! Bon manger pour le chat... Comme ça, le chat aura meilleur goût quand nous manger le chat !

Charlotte faillit en avaler son œuf dur. Puis, cédant à un début de crise de nerfs :

– Comme il est charmant ce petit sauvage... Tu ne trouves pas, Stéph... Stéph !!!!

Elle s'était mise à hurler, au point que Richard Montignac se trompa de commande sur le clavier et sauta directement de la Bourse de Singapour à celle de New York.

Stéphane crut qu'elle allait se liquéfier sur place.

– Charlotte...

– Stéph !... Je n'en peux plus. J'appelle Dong immédiatement. Je sens que tous mes chakras sont en train de se refermer les uns après les autres.

Le chat bondit souplement sur la table.

Elle disparut dans le salon, comme un personnage de théâtre bascule dans le trou du souffleur.

– Qu'est-ce que c'est les... chakras ? demanda Richard Montignac.

– Les chakras… balbutia Stéphane… Oui, alors c'est des roues qui tournent dans le corps, des sortes de tunnels dans lesquels s'engouffre l'énergie cosmique. Il y en a sept en principe… Quant à Dong, c'est une espèce de gourou à la mords-moi qui lui a fourré ça dans le crâne, c'est des conneries, mais ça la rassure !

– C'est grave ?

– Pour elle ! Seulement pour elle… moi, mes chakras tournent parfaitement bien, j'ai fait la révision il y a pas longtemps.

– Ouais, conclut Richard après un silence, eh ben, les chakras de Charlotte sont peut-être en train de se refermer, mais c'est pas pour autant que le marché du soja est en train de s'ouvrir !

Stéphane médita quelques instants la remarque pleine de bon sens de Richard Montignac avant de flasher subitement :

– Où est passé Mimi ?… Mimi !

Il jeta un coup d'œil rapide autour de lui. Et tomba en arrêt sur le jeune Indien wayana qui s'était installé à la frontière de la cuisine et du salon.

Privant Ficelle de sa pâtée, il était en train de se goinfrer de Kitekat, plongeant ses doigts avec ravissement dans la consistante pâtée brune.

Stéphane, estomaqué, le regarda s'en barbouiller jusqu'au menton sans réagir.

– Non, écoute, Stéph, protesta mollement Richard… Non, c'est vraiment dégueu… S'il continue comme ça, je crois que je vais gerber… je te jure que je vais gerber…

Le nez dans la gamelle, Mimi Siku n'en poursuivit pas moins son dîner improvisé, souriant aux anges. Voyant que Stéph l'observait avec un ahurissement croissant, il nota seulement entre deux déglutitions :

– Fait bon manger ta femelle... presque aussi bon que caouta !

Cette fois, Richard Montignac se leva précipitamment de table.

Goûtant le repos d'après l'amour, Charlotte s'étira avec des grâces félines et vint se blottir contre la poitrine de Stéphane. Chaleur contre chaleur, haleine contre haleine. L'amour avait aussi du bon pour enrichir positivement son karma, même sans zazen.

Au bout de quelques minutes de cette bienheureuse léthargie cependant, elle retrouva presque instantanément son visage boudeur. Stéph ne s'en étonna pas. En dépit des apparences, il savait pertinemment qu'elle n'avait toujours pas digéré qu'il lui impose la présence de Mimi à moins d'un mois de leur mariage.

Stéph la laissa engager les hostilités.

– Stéph !

– Oui...

– Tu sais, pour Mimi... Ce n'est pas que je ne veuille pas m'en occuper, mais... avoue que tu y vas un peu fort. C'était bien la peine de refuser il

y a deux ans de me faire un enfant, pour maintenant m'imposer celui-là…

Stéphane Marchado ne trouva rien à répondre.
Charlotte avait entièrement raison. Il lui imposait
le fils d'une autre, et qui plus est son propre fils.
Que pouvait-il espérer ? Qu'elle l'accueille à bras
ouverts comme une puéricultrice dans une pou-
ponnière d'arrondissement ? Tout à coup, il se
sentit atrocement coupable. Il avait cédé au désir
de Mimi, aux épanchements de Patricia, par sentiment de culpabilité aussi. Il avait, sans prémédita-
tion mais en toute conscience, oublié Charlotte.

En quarante-huit heures, il avait brusquement
pris conscience qu'on ne renie pas son passé,
qu'on ne parvient même pas à l'oublier, tout au
plus à l'évacuer momentanément du champ de ses
préoccupations, qu'on ne recommence pas une
vie mais qu'on la poursuit avec cet éternel fardeau
à soulever qui s'appelle la mémoire.

Charlotte était-elle capable de le comprendre,
elle qui avait joui d'une enfance gâtée, d'une adolescence heureuse, et d'une jeunesse permissive ?
Charlotte, la petite fille dont le terrain de jeux se
confondait avec un quadrilatère englobant l'Avenue Foch, le parc Monceau, le lycée Janson-de-
Sailly et le rond-point des Champs-Élysées.
Charlotte qui, hormis l'appartement familial de
l'avenue de Wagram, n'avait jamais eu comme
lieux de villégiature que Chamonix l'hiver et Saint-
Tropez l'été et ne s'était même jamais aventurée
en banlieue, excepté à Neuilly pour rendre visite à
sa tante. Charlotte qui, pour se chercher des rai-

sons de vivre, s'était abonnée à *Libération* et se passionnait pour un bouddhisme mâtiné de sciences occultes au rabais.

En scrutant, incliné sur l'oreiller, le beau visage lisse et apparemment sans faille de Charlotte d'Antilly, Stéphane en vint à se demander ce qui les rapprochait vraiment. Mais il eut beau analyser ses sentiments, il ne trouva aucune réponse satisfaisante. Il se blâma intérieurement d'une telle absence. Il n'était qu'un ingrat. S'il poursuivait sur cette pente fatale, la vie lui ôterait le bonheur dont il jouissait et dont il ne mesurait pas assez la singularité.

En lui faisant cadeau d'un fils, le destin lui donnait d'ailleurs une preuve supplémentaire de cette largesse.

Curieusement d'ailleurs, il se sentait déjà davantage d'affinités avec Mimi Siku qu'il connaissait à peine qu'avec ce corps sculptural étendu à côté de lui et avec lequel il envisageait de passer le reste de sa vie. La voix du sang, probablement !

Cette idée l'effraya au point qu'il se serra d'un peu plus près contre Charlotte pour chasser le doute de son esprit.

Avant de s'en éloigner très rapidement.

D'une voix blanche de sommeil, Charlotte cherchait à présent à le culpabiliser. Disséquant les problèmes avec un pointillisme agaçant, et un souci exclusif d'elle-même qui confinait à la paranoïa.

– Dong avait pourtant réussi, tu sais, disait-elle... Il m'avait stabilisée. Il m'avait rouverte aux autres, au monde, à la vie. Je ne me perdais plus de vue tout en me fondant avec les énergies cosmiques… Et vlan ! Je rentre à peine dans ma deuxième phase de satori que tu m'amènes un fils de treize ans que tu sors de ta manche comme un illusionniste sortirait un lapin de son chapeau… Alors, excuse-moi mais, en plus de ton divorce qui se traîne, on peut pas rêver mieux pour être perturbée… À vrai dire, si tu veux savoir… Tu veux savoir ?… Eh bien, ça me les gonfle !

Stéphane apprécia cette trivialité, rare dans la bouche de Charlotte. Mais, à trois heures du matin, avec un bon décalage horaire qui pataugeait entre ses deux hémisphères cérébraux, il n'était plus guère disposé à palabrer.

– Oui, eh bien, tu n'es pas la seule à qui ça les gonfle, figure-toi, embraya-t-il férocement… Je te signale que j'ai fait 7 500 kilomètres pour apprendre que j'avais un fils de treize ans qui ressemble davantage à Victor, l'enfant sauvage de l'Aveyron, qu'à un élève de Cambridge et que j'ai toujours 1 500 tonnes de soja sur les bras. Alors, tes états d'âme…

– Tu ferais pourtant bien de les surveiller…. observa Charlotte, l'air pincé.

– Quoi donc ?

– Tes états d'âme. Dong dit que…

– Stop ! cria Stéphane… Dong est dingue, OK ?

Charlotte lui lança un regard où la rage le disputait à l'humiliation.

– Puisque tu le prends sur ce ton…

D'une pression sur la poire de la lampe de chevet, elle éteignit la lumière, et exécuta un quart de tour qui lui donna l'occasion de mettre sa somptueuse chute de reins en valeur. La chambre se retrouva plongée dans une demi-obscurité. Des lampadaires bordant l'avenue Élisée-Reclus, six étages plus bas, une clarté blafarde émanait qui remontait à l'assaut des façades, traversant les doubles rideaux comme elle eût franchi les mailles serrées d'un tamis.

Au moment de s'endormir, Stéph songea qu'il aurait pu tout de même aller embrasser Mimi et veiller quelques instants sur son sommeil. Mais il se pardonna aussitôt cette négligence. Il ne se sentait pas encore assez mûr pour jouer pleinement son rôle de père. C'était encore trop tôt. Il lui fallait entrer dans un costume d'acteur tout neuf qui, pendant treize ans, avait été remisé au fond d'un placard, et qui, repêché aujourd'hui, sentait un peu la naphtaline. Nul n'était tenu à l'impossible.

Il s'endormit avec cette idée rassurante. Il avait perdu treize ans, mais il avait l'espoir de pouvoir se rattraper. Peut-être pas en huit jours. Mais, du moins poserait-il quelques jalons.

En se réveillant le lendemain matin, le premier geste de Stéphane fut d'aller frapper à la porte de Mimi Siku, puis d'entrer avec précaution dans la chambre minuscule où embaumait un parfum de lavande : celui des draps. Il scruta la pénombre, hésita un bref instant à cause de l'oreiller et de la couverture roulée en boule. Mais les draps n'étaient même pas froissés.

Pris de panique, il revint sur ses pas et fonça dans le salon. Vide. Il se dirigea vers la salle à manger. Vide.

La porte-fenêtre donnant sur la terrasse, en revanche, était ouverte.

Imaginant le pire, Stéph se rua sur la terrasse.

Mimi était juché sur la rambarde du balcon et désignait du doigt la tour Eiffel dont les arceaux métalliques emprisonnaient un soleil voilé.

– Baboune, Baboune !... L'est là, l'est là, tour Eiffel ! criait-il, au comble de l'excitation.

Stéphane s'approcha, les jambes flageolantes.

– Mimi... Mimi, descends de là, je t'en prie, obéis à Baboune... et ne regarde pas en bas, s'il te plaît...

Mimi Siku baissa les yeux. Six étages plus bas, le trafic s'intensifiait dans l'avenue Élisée-Reclus. De grosses tortues de plastique et de métal lézardaient au soleil sur le bitume, et leurs carapaces réfléchissaient la lumière du jour en une symphonie d'éclats brefs et aveuglants.

Pipi-de-Chat consentit à quitter son perchoir et sauta sur la terrasse. Son hamac était suspendu entre la rambarde principale et le retour du balcon. Arc et flèches soigneusement rangés contre le mur de la salle à manger. Il avait dû passer la nuit à la belle étoile pour mieux admirer cette tour Eiffel que grand-père Mouloukou portait en sautoir autour du cou. Stéphane ne put s'empêcher d'en éprouver un soulagement ému.

– Allez, viens déjeuner ! ordonna-t-il.

Quelques instants plus tard, Mimi inspectait les corn-flakes et la bouteille de lait que Stéph avait déposés devant lui. Ficelle bondit sur la table et s'étira de tout son long en faisant crisser ses griffes sur la nappe plastique.

– Aimer les corn-flakes le chat ? demanda Mimi Siku.

– Je ne sais pas... répondit Stéph d'une voix lasse... Demande-le-lui...

Il lui aurait fallu deux litres de café au moins pour l'arracher aux brumes malignes qui vampirisaient son cerveau. Il se contenta d'une tasse d'arabica avec trois sucres.

Mimi s'était composé une bouillie de céréales avec très peu de lait.

– Toi aimer les corn-flakes ? demanda-t-il au chat.

Soumis à la question, celui-ci répondit en lapant timidement un peu de lait sur le bord de l'assiette.

– Lui préférer cachiri, conclut Pipi-de-Chat.

– Écoute, Mimi, commença Stéphane, je vais être obligé de te laisser un peu seul aujourd'hui. Charlotte s'occupera de toi... Moi, je dois trouver un moyen, avec Richard, de me débarrasser de mes 1 500 tonnes de soja.

– Toi faire troc, suggéra Mimi.

– C'est ça, moi faire troc.

– Alors, je viens avec toi... Je suis bon pour troc.

– Il n'en est pas question... Tu vas rester avec Charlotte. Là où je vais, je ne peux pas t'emmener.

Mimi baissa piteusement la tête.

– Baboune pas emmener grand-père Moulou-kou, alors si tu ne veux pas m'emmener non plus… pourquoi je suis pas au village avec Palikou ?

« Et flûte ! songea Stéphane, ce que je peux être maladroit avec ce gosse… Si sa mère était là, elle m'écorcherait vif… »

– Ce n'est que pour aujourd'hui, supplia-t-il, je te le promets. Demain, nous irons voir la grande flèche qui pique le cul du ciel et faire un tour en pirogue, d'accord ?

Le visage de Mimi Siku s'éclaira.

– Promis, Baboune ?

Stéphane leva alors une main au ciel dans un geste lent et majestueux qui se voulait une imitation de ce qu'il avait vu faire au chef Mouloukou.

– Quand Baboune promet, jura-t-il, Baboune tient !

9

La première nuit passée dans le carbet de Baboune avait été pour Mimi Siku un supplice. D'ordinaire, les craquements secs en provenance de la forêt vierge, les murmures du vent dans les arbres, qui se faufilaient jusqu'entre les interstices du carbet, les grésillements du feu mourant au centre du village suffisaient à le plonger dans cet état intermédiaire entre le sommeil et la conscience qui précédait l'endormissement (Charlotte aurait probablement parlé d'ondes alpha !). Mais là, il avait dû supporter les échos des rumeurs trépidantes de la ville, les rugissements des moteurs, les vibrations aiguës des klaxons, toute une musicalité barbare étrangère à son cerveau ultrasensible, mais accoutumé à d'autres signaux sonores.

Le résultat étant qu'il n'avait guère fermé l'œil de la nuit. Les nerfs tendus comme des cordes à piano, comme lorsque certains soirs à Lipo-Lipo, il lui arrivait de cauchemarder, se voyant poursuivi par un jaguar ou un koukouié jusqu'à l'entrée du carbet de Palikou.

Il avait fini par sortir sur la terrasse, et, ébloui par la vision, illuminée, de la grande flèche qui pique le cul du ciel, il y avait installé son hamac. La nuit était tiède et parfumée à cause des plantes grimpantes que Charlotte entretenait avec maniaquerie sur la terrasse. Il s'était endormi paisiblement sur le matin, au moment où l'aube se levait sur Paris, blanchissant le ciel et transformant la flèche de lumière en étron ferreux planté comme une dague au cœur de la ville.

Charlotte, elle, s'était levée peu après le départ de Baboune. Elle lui avait à peine dit bonjour, continuant de l'appeler « petite perle » à tout bout de champ avec une condescendance idiote.

La seule question qu'il se posait encore à son sujet était de savoir si elle le détestait pour ce qu'il représentait, ou parce que à travers lui, elle imaginait un peu de l'esprit de maman Palikou entrant comme par effraction dans sa maison. Il aurait volontiers parié sur cette seconde hypothèse. Baboune, lui, devait connaître la réponse.

Pendant une bonne partie de la matinée, il se contenta donc d'errer à travers les pièces, faisant connaissance avec les différents gadgets qu'offrait le carbet de Baboune. Charlotte avait allumé la télévision, croyant susciter chez lui une fascination qui la laisserait pour quelques heures en paix. Mais Mimi s'en désintéressa très vite.

– Images qui bougent, commenta-t-il, comme sur la petite boîte de Baboune.

– Sur son ordinateur, précisa Charlotte d'une voix aigre.

– Ordinateur, répéta consciencieusement Mimi.

Elle consulta le programme télévisé. Un documentaire passait sur *Planète*, consacré à l'Amazonie. Elle crut avoir trouvé l'arme absolue. Une aubaine !

Elle se brancha sur le canal correspondant.

– Tu vas voir, Mimi... ils vont parler des sauvages... euh, je veux dire des Indiens, tout près de ton pays...

Elle régla l'image qui, au départ, se torsadait en hiéroglyphes bicolores.

Apparut un chef yanomani, emplumé jusqu'aux yeux, qui conversait avec un cameraman de TV Globo.

– Tu reconnaîtras peut-être quelqu'un de ta tribu, hein, petite perle ? ironisa Charlotte.

Elle se retourna vers le canapé où Mimi Siku était censé s'installer. Mais, Pipi-de-Chat avait déjà disparu.

Richard Montignac lui avait donné rendez-vous devant le drugstore Publicis sur les Champs-Élysées, et Stéphane Marchado faisait le pied de grue depuis une bonne demi-heure déjà lorsque la Cherokee se gara en double file. Un coup de klaxon virulent censé attirer discrètement son attention le fit sursauter. Richard, au volant, lui fit signe d'accélérer le mouvement. Stéph grimpa dans la jeep en bougonnant.

– Qu'est-ce que tu fabriquais ?

– Désolé, mon vieux, mais j'ai dû faire un crochet par le bureau de Roustan.

– Il est de meilleure humeur ?

– À peine, dit Richard en redémarrant pour se mêler à nouveau au trafic.

– Alors ? s'impatienta Stéph.

Richard avait l'air aussi excité qu'un communiant qui doit servir sa première messe de Noël.

– Tu connais l'avocat d'affaires, Joanovici ?

– Vaguement...

– Eh bien, c'est peut-être lui qui va nous tirer d'affaire. Il aurait des acheteurs pour les 1 500 tonnes de soja. On passe le prendre dans cinq minutes à son cabinet, rue du Faubourg-Saint-Honoré.

– Tu plaisantes ? demanda Stéphane, un rien sceptique.

– Pas du tout. Ce mec nous tombe du ciel. Tu ne vas tout de même pas faire la fine bouche. Tu préfères peut-être qu'on paye la facture ?…

– Et tu le connais d'où, Joanovici ?

– C'est une relation d'un ami de Roustan… C'est comme ça qu'il a eu nos coordonnées… J'ai pas besoin de te dire que lorsqu'il m'a téléphoné, j'ai sauté sur l'occasion.

Stéphane aurait dû bondir de joie, à tout le moins éprouver un vague sentiment de satisfaction à l'idée d'avoir l'opportunité de se débarrasser des 1 500 tonnes de soja. Mais, non. Il avait beau croire aux miracles, il trouvait cette aubaine suspecte.

Son analyse ne reposant encore sur rien de concret, il s'efforça de redevenir un peu plus positif. Après tout, une fois les 1 500 tonnes de soja recasées, il aurait tout le temps de s'occuper de Mimi.

Le hurlement de madame Godet, la petite boulotte du sixième, n'alerta pas tous les locataires de l'immeuble pour la simple raison qu'ils étaient absents dans leur très large majorité. Mais son cri strident dut malgré tout résonner jusqu'aux combles. Il fit frémir d'horreur en tout cas Albert Maréchal, le concierge du 78 de l'avenue Élisée-Reclus, un fringant quinquagénaire aux moustaches *Belle Époque* dont le physique flirtait avec celui d'un Jacques Lantier qui aurait fait du body-building.

Ce dernier se précipita séance tenante dans l'entrée pour voir d'où provenait cet appel déchirant, ct tomba nez à nez avec Lucienne Godet, la plus ancienne locataire de l'immeuble.

– Monsieur Maréchal… Monsieur Maréchal, hoqueta madame Godet… Venez voir… Venez, je vous en prie…

Sans lui laisser le temps de s'enquérir des raisons de son émoi, elle l'entraîna vers l'escalier. Elle habitait au sixième, mais dans son trouble, elle oublia de reprendre l'ascenseur. Parvenus sur le deuxième palier, Maréchal dut malgré tout l'appeler pour elle, le souffle lui manquant.

L'origine du drame se trouvait sur la terrasse de son appartement.

– Vous comprenez, lui dit-elle… C'est passé à vingt centimètres de mon visage… Cette pauvre bête n'a pas eu le temps de dire ouf qu'elle était embrochée comme un vulgaire poulet.

– Calmez-vous, madame Godet, rassura Maréchal.

– Me calmer ? dit Lucienne Godet en s'engouffrant dans l'appartement comme une tornade.

Il la suivit jusque sur son balcon qui fleurait bon le lierre et la menthe poivrée.

Lucienne Godet écarquilla les yeux. La cage du pigeon était vide. Envolé avec une flèche au travers du corps. Rien non plus sur le sol. Pas même une trace de sang.

– Je ne comprends pas, murmura-t-elle… Il était là, traversé par cette chose longue et dure, vous savez… dont se servent les Indiens à la télé.

– Une flèche ?

– C'est ça.

Maréchal eut un sourire plein de mansuétude…

– Il n'y a rien, madame Godet… Votre pigeon a dû s'envoler tout bêtement, vous aviez dû mal fermer sa cage…

– Mais je vous dis que…

– Et d'où elle venait cette flèche, hein ?…

– Du balcon d'à côté, de chez monsieur Machado… Elle est partie comme un boulet de canon !

Elle afficha un air hébété. Cheveux en désordre, lèvres entrouvertes, maquillage outrancier en limite de glissement de terrain. Jugeant qu'il avait consacré assez de temps au mystère du pigeon fléché, Albert Maréchal raccompagna madame Godet à l'intérieur de son petit appartement encombré de bibelots japonais souvenirs d'un premier mari qui faisait la liaison maritime entre San Francisco et Tokyo dans les années cinquante.

– Écoutez, madame Godet, dit-il, vous allez vous reposer un peu. Je m'occupe du reste. Mais, si jamais vous apercevez ne serait-ce qu'un bout de plume ou un tomahawk, n'hésitez pas à m'appeler. J'ai toujours ma tenue de cowboy en réserve. Dans ce cas, nous irons voir le shérif… D'accord ?

Lucienne Godet opina comme un encensoir. Une grimace de remerciement redessina à l'antique son visage fané de matrone pompéienne.

« La pauvre, se dit Maréchal, elle est en train de perdre la boule… À moins qu'elle ne fume de l'herbe ! »

À soixante-quatre ans ?…

Il est vrai qu'on avait vu des choses plus étranges… Même avenue Élisée-Reclus !

La Cherokee stationna un court instant devant le 37 de la rue du Faubourg-Saint-Honoré, gênant le trafic. Richard s'attira une bordée d'injures de la part d'un taxi espagnol qui lui promit les derniers outrages dans la langue de saint Ignace.

Heureusement, maître Joanovici sortait de l'immeuble. Un chapeau mou s'enfonçait sur son crâne imberbe qui offrait sur le devant une falaise lisse, sans aspérités, où rien ne retenait la sueur abondante qu'il exsudait en permanence. Il était vêtu d'un costume de tergal beige et d'une chemise d'un rose pâle douteux, cravaté de noir et chaussé de fines espadrilles de toile.

Stéphane lança un regard soupçonneux à Richard Montignac, mais celui-ci ne songeait qu'à l'éventualité d'une transaction libératrice, et Joanovici eût-il été en maillot de bain 1900 qu'il l'eût tout de même trouvé à son goût.

Joanovici s'installa sur la banquette arrière. Les présentations furent réduites au strict minimum.

– Mes amis investisseurs sont des personnes en qui vous pouvez avoir toute confiance, affirma l'avocat d'un ton péremptoire. Pour eux, le contact humain, la parole donnée comptent tout autant qu'un chiffon de papier dont l'avocat le plus inexpérimenté ne ferait de toute façon qu'une bouchée devant les tribunaux.

– Bien sûr, acquiesça Richard…

Stéph ne répondit rien. Ce commentaire, d'emblée, ne lui disait rien qui vaille. Et plus il contemplait Joanovici dans le rétroviseur, plus il observait son col de chemise maculé de sueur, plus il repérait de taches sur sa cravate, plus il étudiait les gestes lyriques de ses petites mains courtes et soignées qui semblaient virevolter dans l'espace sans jamais se poser, et moins il avait envie d'engager quelque négociation que ce soit par son intermédiaire.

Joanovici respirait quelque chose de souverainement déplaisant. Il n'y avait que Richard pour ne pas s'en apercevoir. Il parait au plus pressé. En lieu et place du cerveau, il avait substitué une calculette. Et cette calculette donnait toujours le même résultat : mieux valait placer 1 500 tonnes de soja à 147 1/4 au lieu de 171 1/10 plutôt que de rester avec sur les bras pendant une durée indéterminée et de finir par le vendre au rabais à 120 1/8, anticiper plutôt que d'attendre la dégringolade finale.

En un sens, Richard avait raison. Le tout était de savoir où ils mettaient les pieds.

– Tournez là ! ordonna maître Joanovici.

Richard pila un peu brutalement, manquant se faire emboutir par une Toyota gris souris qui s'impatientait, une pulpeuse brune à lunettes au

volant. Richard obliqua sur le boulevard Hauss-
mann.

– Continuez jusqu'à la gare Saint-Lazare ! enjoi-
gnit Joanovici.

– Vous ne croyez pas que ce serait plus simple
de nous donner l'adresse, suggéra Stéph.

– Nous y sommes presque, susurra l'avocat avec
un sourire obligeant.

Pour passer ses nerfs, Stéph décrocha le téléphone et appela Charlotte. Cette fois, il dut
attendre plusieurs sonneries avant d'obtenir la
communication. Elle sortait de la salle de bains.

– Tout va bien… Hein ?… Non il ne doit pas être
bien loin… Va voir sur la terrasse… Eh ben,
cherche, il ne s'est pas volatilisé… Écoute, Charlotte, j'ai d'autres chats à fouetter… Quoi ? Mais
non, c'est une façon de parler… Fais manger Mimi
s'il te plaît, je reviens dès que possible… Je t'embrasse.

– Ton gosse a encore fait des siennes ? s'enquit
Richard Montignac.

– Non, non, maugréa Stéphane Marchado, son-
geur.

À l'arrière, le visage de maître Joanovici s'était
décrispé.

– Vous avez des enfants, monsieur Marchado ?

– Un seul !

– Ah… Quelle chance vous avez ! Je n'ai pas cette
joie, en ce qui me concerne. Madame Joanovici est
inféconde… Comme on dit chez nous : « Trou du
cul la femme, chaussons par la fenêtre ! »

Stéph exécuta une rotation du tronc pour fixer l'avocat dans le blanc des yeux, interloqué.

– Ah ! vous dites ça aussi chez vous ?…

Sac en bandoulière, pigeon suspendu à la ceinture, Mimi Siku déambulait sur les Champs-Élysées en sifflotant. Avant de quitter l'appartement de Baboune, il s'était délesté de son jean et du tee-shirt Coca-Cola pour revêtir son habituel cachimbé, et la plupart des passants se retournaient avec stupeur ou hilarité sur cet adolescent au visage strié de peintures guerrières et dont le corps nu était recouvert d'une sorte de pagne de la taille d'un mouchoir de poche. À voir les coups d'œil furtifs qu'ils jetaient autour d'eux, certains devaient même chercher une caméra cachée, un car de télévision.

En passant devant la vitrine d'Air France, Pipi-de-Chat sentit un souffle chaud lui remonter brusquement entre les cuisses. Il baissa les yeux, s'arrêta net et fit marche arrière pour se positionner juste au-dessus des grilles de ventilation de la bouche de métro. Le même phénomène se reproduisit. Mimi Siku repartit, puis revint à sa position initiale et ainsi de suite pendant une minute ou deux. Il éclata de rire à la vue de son cachimbé qui flottait comme un drapeau, découvrant largement ses fesses nues.

Une vieille dame qui promenait un petit chien tout frisotté s'arrêta à son niveau, le visage convulsé.

– Eh bien, mon petit bonhomme, tu n'as pas honte ?...

Mimi fronça les sourcils.

– Honte ?...

La vieille dame le gratifia d'un regard éploré.

– Mais, tu ne te rends pas compte, tout le monde voit tes fesses, il faut les cacher, c'est honteux de se promener dans une tenue pareille !

– Habillé comme ça chez moi, rétorqua Mimi Siku.

– Si tu n'arrêtes pas ça immédiatement, glapit la vieille dame, je vais appeler les gendarmes.

Mimi sentit le caouta lui monter au nez. Le caniche aboya, puis se mit à grogner en essayant de prendre un air féroce. Mais tout ce qu'il réussit à faire, en gigotant sur place, fut de s'étrangler avec sa laisse.

– Couique couique le chien ! fit Mimi joignant le geste à la parole.

Affolée, la vieille dame cherchait autour d'elle la casquette d'un policier en maraude, au pire celle d'un contractuel. Mais ses recherches demeurèrent vaines.

Mimi en avait assez entendu. Il abandonna la vieille dame et le chien qui jappait d'une voix de castrat.

– Mieux vaut voir le cul d'un guerrier, conclut-il en s'éloignant, que les oreilles du jaguar à la pleine lune !

La Cherokee trouva un emplacement juste devant l'entrée de l'hôtel, rue Houdon, à deux pas de la place Pigalle.

– C'est ici, dit maître Joanovici en s'engouffrant dans le hall.

Intérieur sombre, murs gris et sales, moquette rouge élimée, réception déserte, impression crapoteuse. Stéph et Richard échangèrent un regard dubitatif.

Et suivirent l'avocat jusqu'au second étage.

Stéph appuya sur le bouton d'une minuterie branlante. Ils enfilèrent un long couloir lugubre qui desservait une dizaine de chambres. L'écho assourdi d'une dispute parvint jusqu'à eux. L'avocat fut bizarrement secoué par une quinte de toux.

– Mes amis lettons ont beau être des financiers avisés, ce sont des gens aux goûts très simples, expliqua-t-il… Ils préfèrent la discrétion et le confort d'un petit hôtel de charme plutôt que le luxe tapageur des grands hôtels comme le Hilton, le Sheraton ou le Plazza Athénée, vous comprenez…

Stéph eut beau chercher, il ne voyait pas où était le charme de l'hôtel, même dans son côté désuet.

– C'est sûr que les frais, ça vous bouffe un budget, acquiesça Richard, mal à l'aise malgré tout.

Au fond du couloir, maître Joanovici frappa discrètement à la porte. Chambre 211. Deux coups, puis un autre plus vigoureux. Des voix avec un fort accent étranger s'éteignirent aussitôt derrière le battant, cédant la place à un martèlement de pas.

Parut un homme aux cheveux blancs et au visage couperosé, chemise largement débraillée sur une poitrine foisonnante.

– Joano! s'écria l'homme en lui assenant une bourrade à renverser un autobus à impériale.

L'avocat eut un sourire mièvre pour faire les présentations.

– Pavel Kouchnoukatzé… Stéphane Marchado… Richard Montignac…

– Bonjour monsieur Kouchou, chnoukazé… balbutia Stéphane.

– Entrez, entrez mes amis! ordonna le Letton, volubile.

Il les poussa à l'intérieur de la chambre plutôt qu'il ne les invita à entrer. Deux lits jumeaux recouverts d'un tissu jaune fané, une table de nuit dépareillée, un minuscule bureau où traînaient des cartouches de cigarettes américaines, une chaise supportant un sac de voyage Adidas, une petite salle de bains, contiguë à la chambre. C'était aussi sinistre que le reste de l'hôtel.

– Je vous présente ma sœur, Sonia, dit Pavel Kouchnoukatzé.

À côté de la fenêtre en effet, se tenait une jeune femme d'environ trente ans, chichement vêtue à l'européenne. Les cheveux blonds coupés court, le regard bleu acier, le nez poudré de taches de rousseur, la bouche mince, elle répondit d'un vague signe de tête sans se départir de son masque lugubre.

Kouchnoukatzé s'était laissé tomber sur l'un des lits jumeaux, tandis que l'avocat et la femme demeuraient debout. Stéphane et Richard prirent place sur le second lit, en face du Letton.

– Alors, messieurs, brailla Pavel Kouchnoukatzé, Joano m'a parlé de vous, je vous écoute... Même si moi obligé demander sœur pitiouch traduction...

Prenant son courage à deux mains, Stéph enchaîna sans perdre une seconde :

– Vous connaissez la situation actuelle sur le marché du soja, monsieur Kouchoukané... Je sais, vous allez me dire que ça n'a pas cessé de baisser depuis trois jours, et vous aurez raison...

– C'est même une catastrophe, appuya Richard.

En réponse, celui-ci reçut un coup de talon discret dans les tibias.

– Mais, poursuivit Stéphane, car il y a un mais... nous avons pu recueillir des informations ultra-confidentielles qui nous permettent de prévoir, dans les jours prochains, une spectaculaire remontée des cours... En résumé, monsieur Coupechoukamé, le soja va flamber !...

– Vous saisissez l'opportunité ? glissa Richard.

La pitiouch traduction de Sonia s'acheva avec un léger décalage.

Pavel Kouchnoukatzé hocha gravement la tête. Puis, brusquement, tout son visage se détendit, et il retrouva sa gouaille et sa bonne humeur.

– Excellent, excellent ! répéta le Letton... Nous pouvoir faire affaire !

Le sourire de Richard aurait dû mettre du baume au cœur de Stéph. Mais le regard que posa ce dernier sur Pavel Kouchnoukatzé puis sur sa sœur Sonia ne fit que confirmer son propre malaise.

« On est mal, songea-t-il, on est vraiment mal... »

Il n'y avait bien que Richard et Joanovici pour sourire niaisement aux Lettons.

Juché sur l'une des traverses métalliques de la tour Eiffel, entre le deuxième et le troisième étage, Mimi Siku regardait les fourmis qui, quelques dizaines de mètres plus bas, piétinaient le parc du Champ-de-Mars en poussant des cris de terreur dans sa direction. Une brise légère soufflait qui suscitait quelques grincements sinistres dans les hauts de la tour.

En quittant les Champs-Élysées, il n'avait eu aucun mal à se réorienter vers la grande flèche qui pique le cul du ciel, à deux pas de l'appartement de Baboune. Ni aucun mal non plus à escalader les poutrelles d'acier avec l'agilité d'un singe atèle.

De là, il bénéficiait enfin d'une vision panoramique sans égale. Il apercevait toute l'étendue de la ville, l'enchevêtrement de ses toits hérissés d'antennes, de ses avenues plantées d'arbres, de ses rues grouillantes d'automobiles, et, coupant la ville en deux, un long fleuve terne qu'un soleil de plâtre saupoudrait de taches d'or : la Seine.

Il goûta ainsi quelques minutes de bonheur absolu. Une brume de chaleur montait des toits. Sur le périphérique, les « tortues » se traînaient en longues files parallèles. Place du Trocadéro, elles tournaient comme de minuscules insectes autour d'un pot de miel. La circulation paraissait plus fluide sur les quais. Il vit passer plusieurs bateaux-mouches bourrés de touristes. Il comprenait mieux à présent pourquoi Baboune, dans l'avion, avait comparé une ville à une jungle.

Ce qu'il comprenait moins en revanche, c'était la raison pour laquelle tous ces gens rassemblés une centaine de mètres plus bas s'excitaient en le regardant. Un car de Japonais, stationné au pied de la tour, avait déversé sur le Champ-de-Mars son contingent de photographes et des dizaines d'appareils le mitraillaient au téléobjectif.

Mimi leur adressa un signe de la main. Mais ce fut une voix hachée par le vent qui lui répondit.

– Eh, bonhomme !

Le cri venait de dessous lui. Surpris, il se pencha vers l'intérieur de l'armature métallique. Deux policiers en uniforme, semblables à ceux qu'il avait croisés à l'aéroport, se tenaient sous ses pieds, debout sur la plate-forme du deuxième étage de la tour.

– Redescends tout de suite, ordonna l'un d'entre eux.

– Pourquoi ?

– C'est interdit !… Descends, j' te dis !

Interdit ?… Mimi ne comprenait pas davantage. Interdit était un mot dont Palikou ne lui avait pas donné la signification. Pas plus que honte, remords ou faute… Il s'accroupit et considéra les deux policiers d'un air goguenard.

– Tu ne vas pas te suicider au moins, petit ?

Suicider ?… Encore un mot dont il ignorait le sens.

– Je me promène, dit-il… Pas faire comme vous dites.

Les deux gardiens de la paix commençaient à s'impatienter. Ils agitèrent les bras dans sa direction en hurlant quelque chose, mais une rafale balaya leurs voix.

Au vu de leur air menaçant, Mimi Siku jugea cependant opportun de quitter son perchoir et de redescendre sur la plate-forme.

Il le regretta quelques instants plus tard, lorsque l'un des deux policiers le saisit violemment par l'épaule.

– Alors, p'tit con, on fait de l'alpinisme ?

L'autre se mit à ricaner.

– Non, mais t'as vu comment il est attifé… ça doit encore être de la graine de yougo. Donne-moi ton sac !

Cinq minutes plus tard, Mimi Siku, menottes aux poignets, grimpait dans le car de police sous l'œil électronique des Japonais. Mimi en profita au passage pour leur tirer la langue.

Le premier policier le poussa sans ménagement sur la banquette latérale.

– Alors, voyons voir…

Il s'était mis à fouiller dans le sac de l'adolescent qui soulagea sa hargne en wayana.

– Qu'est-ce que je t'avais dit... Du yougo ou du turc... Et puis qu'est-ce que c'est que ces peintures... Tu tournes un film d'Indiens ?...

Nouveau rire en chasse d'eau.

Il extirpa du sac la fiche d'embarquement d'Air France, la parcourut au galop.

– Marchado, c'est ton nom ?

– Marchado Baboune, répondit Pipi-de-Chat, père... mon père !

– Finalement, c'est peut-être un Portos... Hein, Manuel ?

Il s'adressait au chauffeur. Celui-ci, un petit gabarit moustachu aux paupières tombantes, l'air d'un péon en rupture de ban, acquiesça sans comprendre.

– Eh bien, on va vérifier tout ça... Demande donc au central qu'ils fassent une recherche sur un certain Stéphane Marchado.

– *Nasdrovia !* hurla Pavel Kouchnoukatzé en portant à ses lèvres son verre de vodka en duralex.

– *Nasdrovia !* répondirent en chœur Richard et Stéphane.

Debout contre le mur de la salle de bains, Joanovici rayonnait, tandis que Sonia Kouchnoukatzé, toujours debout elle aussi, arborait le même visage impassible et glacial qui suintait d'ennui.

– Il faudrait peut-être que nous nous entendions dès maintenant sur les modalités de paiement, suggéra Stéph d'une voix agacée.

L'avocat eut un sourire railleur, à la limite du supportable.

– Allons, ne vous faites aucun souci monsieur Marchado. Nos amis présentent les meilleures garanties que vous puissiez espérer. Leur frère cadet est d'ailleurs ambassadeur à mi-temps, c'est vous dire !

Sauf que ça ne disait rien à Stéph. Ces Lettons tombés du ciel ne lui inspiraient qu'une confiance très limitée. Et puis, cette négociation dans un hôtel borgne inspiré d'un mauvais décor hollywoodien des années cinquante... Ça sentait l'arnaque, au mieux une affaire boiteuse.

– Quand signons-nous ? demanda Richard d'une voix qui s'efforçait d'être enjouée.

– Sous vingt-quatre heures maximum, répondit Joanovici, nos amis doivent repartir dès demain pour la Lettonie... Les affaires n'attendent pas comme vous le savez ! Et nos amis ont là-bas des affaires très florissantes, extrêmement florissantes...

– Sous vingt-quatre heures, parfait ! C'est tout à fait ce qui nous convient, n'est-ce pas Stéphane ?

Stéphane balbutia un « oui, oui... » négligent, les yeux dans le vague.

Il fallut la sonnerie de son téléphone portable pour le ramener à la réalité.

– Allô ?... Oui... Hein ?... Oh, merde !

Sans même songer à couper la communication, il tourna vers Richard un regard qui avait viré au bleu sombre.

– Les clés de la Cherokee !… Magne-toi !

– Qu'est-ce qui se passe ?

– Je t'expliquerai.

Richard Montignac, médusé, obtempéra.

Stéphane Marchado rafla alors les clés, fonça vers la porte et disparut dans le couloir en hurlant qu'il lui téléphonerait plus tard.

Richard, son verre de vodka à la main, entendit un bruit de galopade qui, progressivement, mourut dans l'escalier. Sonia Kouchnoukatzé et Joanovici n'avaient pas bougé.

– Lui sur gros coup ? demanda Pavel.

10

Accélérateur au plancher, trois feux rouges brûlés à son actif, et une pleine charretée d'injures dans sa giberne, Stéphane Marchado fonçait vers le commissariat de police du 7e arrondissement.

Il slaloma jusqu'à la place de la Concorde, contourna l'obélisque, traversa la Seine, et reprit le quai d'Orsay juste après en faisant rugir les 130 chevaux de la Cherokee. À cette allure-là, il était mûr pour le retrait de permis à vie !

Lorsqu'il pila devant le commissariat, rue Fabert, le long de l'esplanade des Invalides, il s'octroya même le luxe de jeter au policier de faction un :

– Garez-la vous-même !

Du plus fâcheux effet.

Avant de disparaître à l'intérieur du poste de police, hors d'haleine.

Dans sa hâte, il bouscula un chauffeur de taxi venu déclarer le vol de ses papiers. Un petit teckel au museau pointu comme une sagaie, qui errait au bout de sa laisse au milieu de la salle, aboya en le voyant foncer sur lui comme un boulet de canon.

Le commissariat principal de la rue Fabert bourdonnait comme une grosse ruche triste du crépitement des machines à écrire, d'éclats de voix, et de rires étouffés. On y respirait la sueur et le tabac froid. Cadre standard. Pas une note chaude ou tendre, ni dans le mobilier ni dans la décoration. Rien qu'un bon vieux commissariat avec de vrais flics, sans même une auxiliaire féminine à l'horizon, un milieu d'hommes où l'humour seul permettait de combattre les sordides banalités du quotidien.

Un ventilateur ronronnait sur le comptoir, brassant un air vicié.

– Stéphane Marchado, annonça-t-il au planton... Il paraît que vous avez arrêté mon fils !

– Ah ! c'est vous monsieur Marchado, s'exclama une voix derrière lui.

Stéph pivota à 180°. Un inspecteur suppléant entre deux âges, en jean délavé et pull Lacoste, d'une taille très au-dessus de la normale et dont les boots effilés faisaient davantage songer à des pirogues wayana qu'à des car-ferries, le toisait d'un air éminemment supérieur.

– Inspecteur Moreau.

– Où est-il ? demanda précipitamment Stéphane.

– Pas de panique, monsieur Marchado, il ne lui est rien arrivé de grave. On l'a simplement retrouvé en train de jouer les équilibristes sur la tour Eiffel…

– Sur la tour Eiffel ?

– Vous imaginez ?

– Non, je n'imagine pas…

Était-ce l'angoisse, Stéph crut qu'il allait avoir un malaise. Son front était nappé d'une sueur aigre, ses mains tremblaient, une veine claquait à sa tempe. Que Mimi Siku continuât dans cette voie, et la perspective de se voir arracher les yeux par Patricia ne serait plus une simple vue de l'esprit.

– Il faut dire aussi, poursuivit l'inspecteur, que son accoutrement ne plaidait pas vraiment en sa faveur.

– Quel accoutrement ?

– Venez voir !… Mais si vous trouvez que se balader en pagne dans Paris avec tout son petit bazar à l'air est une chose normale, évidemment…

Stéph, maîtrisant de plus en plus difficilement la situation, faillit tout à coup céder à un rire nerveux. Mimi Siku exhibitionniste !

Il emboîta le pas au policier jusqu'à la cage grillagée où l'on parquait les visiteurs de passage.

Un clochard à la trogne rubiconde ronflait sur une banquette, cuvant son vin. Un autre type, plus jeune, et vêtu d'un costume trois pièces en loques, braillait dans un sabir à peine compréhensible qu'il allait porter plainte auprès du ministère des Transports.

Seul Mimi Siku observait un mutisme farouche. Assis sur ses talons à la mode indienne, il s'était paisiblement installé dans un coin de la cage et comptait sur ses doigts avec un calme olympien. Stéph comprit mieux les craintes de l'inspecteur en le voyant seulement vêtu de son cachimbé.

– Mimi, murmura Stéphane en s'agenouillant derrière le grillage.

En l'apercevant, l'adolescent explosa d'une joie sauvage.

– Baboune !... Baboune !...

L'inspecteur ouvrit la grille en soupirant. Mimi se précipita dans les bras de Stéph.

Désarmé par cet assaut aussi violent qu'inattendu, Stéphane demeura un long moment à serrer son fils contre lui, la gorge nouée par l'émotion. D'ordinaire, les Indiens wayana montraient davantage de pudeur dans l'expression de leurs sentiments. Mais, cette fois, Mimi semblait décidé à ne pas lâcher prise, agrippé à lui comme à un rocher battu par la tempête.

Adulte, ou peu s'en faut, dans l'enceinte de Lipo-Lipo, Mimi Siku, à Paris, redevenait un enfant, et Stéph eut brusquement conscience d'être son seul point d'appui. « Il n'a que moi... que moi ! » se dit-il sobrement. Il respira profondément pour endiguer la vague de tendresse qui le submergeait. Il avait beau refouler ses émotions, il sentait peu à peu fondre ses résolutions les plus radicales. Il avait souhaité tenir ses sentiments à distance, en attendant l'éveil d'un improbable instinct paternel, si éveil il devait y avoir, mais la réalité le rattrapait, bousculait son ego sans le moindre ménagement, le forçant à s'adapter à un nouvel état d'âme. Mimi, en quelques jours, était devenu un pôle autour duquel tournait son existence, une vie à l'intérieur de sa propre vie. Il n'en avait plus seulement la charge, il en avait la responsabilité.

Tout à coup, il eut envie d'être loin, loin de ce commissariat sinistre, loin de Paris même, seul avec son fils.

Il se dégagea doucement. Les yeux chocolat le fixaient avec intensité.

– Mimi, je t'avais dit de rester à l'appartement, protesta-t-il pour la forme. Charlotte doit être folle d'inquiétude.

– Je voulais voir la tour Eiffel, expliqua Pipi-de-Chat.

Il le regardait toujours droit dans les yeux. Insoutenable.

Stéph se tourna vers l'inspecteur Moreau.

– Bon, on peut y aller maintenant ?

– Une minute, monsieur Marchado, je n'en ai pas tout à fait terminé avec vous… Votre fils avait un pigeon accroché à la ceinture de son… enfin de son pagne… mort naturellement.

– Qu'est-ce que ça veut dire, Mimi ? interrogea Stéphane.

– Moi pigeon chassé... petite flèche, couique !

– Et puis, tant que vous y êtes, vous pourriez peut-être m'expliquer ce que c'est que ce bidule...

Moreau avait tiré du sac un long bâtonnet de feuilles séchées soigneusement roulées. Semblable à celui que Patricia lui avait donné à fumer lors du Fanentéyou. Stéphane se sentit blêmir. « Oh merde ! pensa-t-il, alors là on est mal, on est vraiment mal... »

Il jugea stratégique de prendre les choses à la légère pour mieux se dépêtrer de la situation.

– Ce n'est rien, inspecteur, rien du tout.

– Fait boum boum dans la tête ! ajouta Mimi. Après, avoir beaux rêves tout en couleurs...

Stéph se mordit les lèvres.

– C'est bien ce que je pensais, ricana l'inspecteur Moreau. Vous vous fichez de moi ?

– Attendez, je vais vous expliquer...

– Qui t'a donné ça ? insista l'inspecteur.

– Grand-père à moi, répondit Mimi Siku avec une désarmante naïveté. Grand-père à moi, grand sorcier...

– C'est ça, enchaîna Stéph... son grand-père. D'ailleurs, chez lui, tout le monde en prend... son grand-père, sa grand-mère, sa tante, le sorcier, les bouroudou, les koukouié... Tenez, vous essayerez vous-même...

Tout en s'efforçant de convaincre Moreau de l'innocuité du gros bâtonnet qu'il tournait et retournait entre ses doigts, Stéphane s'était mis à reculer en direction de la sortie, tenant la petite main de Mimi Siku serrée dans la sienne.

– C'est inoffensif, répéta-t-il, parfaitement inoffensif... je vous dis, même les bouroudou et les koukouié, surtout à la pleine lune.

L'inspecteur Moreau les vit brusquement tourner les talons sans amorcer la moindre tentative pour les retenir plus longtemps au poste de police.

Stéphane et Mimi Siku sortirent en trombe du commissariat.

La Cherokee était toujours stationnée devant l'entrée principale, clés sur le contact. La seule différence résidant dans le procès-verbal à 900 francs glissé sous l'essuie-glace.

Le policier de faction leur jeta un coup d'œil goguenard.

– Sale con ! murmura Stéph entre ses dents.

Il démarra sur les chapeaux de roue, et reprit la direction du Champ-de-Mars. Furieux et balbutiant comme une cantatrice en mal de répliques.

– Tu me la copieras, Mimi... Non, mais tu te rends compte que tu aurais pu nous fourrer dans un drôle de pétrin !... Un... un peu de plus, et ils nous arrêtaient comme dealers... On aurait eu l'air de quoi, hein ?... Et Charlotte ? Tu as pensé à Charlotte ?... Non, évidemment.

– Tu vis dans un drôle de pays, Baboune, l'interrompit Mimi Siku d'une voix sereine... Jamais le droit de rien faire... Pourtant, moi un homme maintenant.

– Exact, approuva Stéphane, ici on n'a pas tous les droits, c'est comme ça. Je suis désolé, mais tu

138

n'étais pas obligé de venir non plus. D'ailleurs, c'est ta mère qui m'a forcé la main, sans cela tu ne serais jamais venu…

La remarque atteignit Mimi Siku de plein fouet. Il baissa les yeux, subitement envahi par une tristesse immense. Stéph crut voir une larme perler à sa paupière, mais ce n'était qu'un jeu de lumière sur sa joue.

– Tu ne voulais pas m'emmener, c'est ça, dit-il…

Stéphane dut stopper la Cherokee à un feu rouge. En profita pour fixer l'adolescent droit dans les yeux.

– Mais non, Mimi, ce n'est pas ça, corrigea-t-il. Il faut bien que tu comprennes qu'ici, on ne peut pas se comporter comme dans la jungle… Ici, quand on veut visiter un monument, on achète un ticket ; quand on veut déjeuner, on va acheter à manger au 8 à 8, on ne tire pas les pigeons à la sarbacane. On ne se trimballe pas non plus les fesses à l'air, on s'habille comme tout le monde.

– Moi pas savoir…

– Toi pas savoir, mais toi apprendre, d'accord ?

– D'accord !

Un coup de klaxon ponctua la fin de la conversation. Puis, un poing énorme et velu tambourina contre la vitre. Appartenant à un livreur hirsute en cotte bleu pétrole.

– Alors ducon, tu la bouges ta caisse ! brailla-t-il.

– Je t'emmerde ! répondit Stéph, au bord de la crise de nerfs.

– Oui, répéta Mimi Siku… on t'emmerde !

Père et fils se regardèrent, à deux doigts du fou rire.

– Tu vois, Baboune, moi apprendre vite !

Vêtu d'un jean et d'un tee-shirt estampillé *University of Oklahoma* qui lui tombait jusqu'aux genoux, Mimi Siku descendit avec précaution de la Cherokee. Ses pieds, enfermés dans la paire de baskets toute neuve achetée rue de l'Université, le faisaient souffrir le martyre, et il eût donné n'importe quoi, à cet instant, pour courir librement sur la place de Lipo-Lipo.

– Mal, Baboune, geignit-il… mal aux pieds !

– C'est normal, fit Stéphane, il faut un peu de temps pour s'y habituer, mais tu verras, après tu te sentiras bien mieux.

L'adolescent, nullement convaincu, traversa l'avenue Élisée-Reclus en boitillant. Tout son visage souffrait. Sans l'attendre, Stéphane Marchado pénétra au pas de course dans l'immeuble. Charlotte devait être sur le pied de guerre, folle de rage et d'impatience.

L'ascenseur épargna heureusement quelques souffrances inutiles à Mimi.

– Elle doit nous attendre, glissa Stéphane. Alors, sois gentil, s'il te plaît, fais un effort.

Mimi Siku approuva d'un signe de tête en reniflant bruyamment.

L'appartement semblait déserté. Stéphane jeta un œil dans la cuisine américaine, puis dans le salon. Personne. Aucun bruit autre que le léger ronflement du magnétoscope qui enregistrait le programme de Canal +. Le sac de Charlotte était grand ouvert, abandonné sur la table basse en marbre du salon. Elle ne sortait jamais sans ce sac de laine tricoté à la main en gros carreaux rouges et bleus.

– Charlotte ! claironna-t-il… Charlotte !

Une voix lointaine, entrecoupée de sanglots, lui parvint en écho :

– Charlotte !

– Stéph… je suis là… coincée dans la salle de bains…

« Nom de Dieu, mais qu'est-ce qu'elle fiche dans la salle de bains ? » songea Stéphane.

– Il y a une énorme araignée près de la porte, tu la vois ?

« Une araignée ?… » Tout à coup, un flash explosa dans sa tête, l'évidence l'empoigna.

– Mimi !… Tu as encore laissé traîner cette cochonnerie de mygale !

La rage au ventre, il se précipita vers la salle de bains. Maïtika, l'œil aux aguets, escaladait la paroi verticale de la porte, ses pattes velues ventousées au battant, progressant à vitesse réduite comme un sherpa à flanc de montagne.

Mimi arriva sur ses talons, prêt à intervenir.

– Enlève-moi cette saloperie ! rugit Stéph, à deux doigts de l'infarctus. Et que je ne la revoie plus jamais, sinon je la pulvérise, je la noie, je la fais piquer, tu entends ?

Mimi Siku la fit grimper dans sa main avec précaution.

– Viens, Maïtika, dit-il d'une voix aux inflexions chantantes, toi pas promener, faire dodo…

– C'est ça, faire dodo, dodo, et encore dodo… Plus jamais sortir de sa boîte avant retour à Lipo-Lipo.

Il attendit que l'adolescent s'éloigne avec le monstre velu, puis toqua doucement à la porte de la salle de bains.

– Charlotte, c'est moi Stéph, j'entre…

– C'est ouvert, marmotta Charlotte.

Il entra mais ne la vit pas tout de suite. Au bout de deux ou trois secondes seulement, il la découvrit, petite masse de chair vivante où deux pupilles bleu pâle, dilatées par l'effroi, vivaient dans l'attente d'un secours improbable. Terrorisée, Charlotte, à demi nue, s'était réfugiée entre la fenêtre et la baignoire, dans le renfoncement qui séparait le mur du rebord en faïence. Accroupie, elle avait l'air d'une enfant battue coincée dans un placard à balais, incapable de prononcer un mot.

– Elle est… partie ? hoqueta-t-elle enfin.

Stéphane Marchado, bouleversé, s'agenouilla auprès d'elle et lui tendit les bras.

– Mais oui, c'est fini, dit-il comme s'il parlait à un grand malade, tu n'as plus rien à craindre.

Elle vint se blottir dans ses bras. Se redressa, jambes flageolantes, remit vaguement de l'ordre dans ses cheveux trempés de sueur. Elle claquait des dents. Ses épaules refluaient vers l'intérieur. Elle se voûtait. Malgré le ridicule de la situation, Stéph eut à peine envie de rire. Sous ses dehors hystéro-mondains, Charlotte témoignait d'une fragilité qu'il connaissait trop pour qu'elle lui inspirât la moindre raillerie.

– Ça va aller ? demanda-t-il.

Charlotte fit signe que oui, et il se détacha lentement d'elle pour aller vérifier si Mimi Siku avait bien remisé Maïtika dans sa boîte d'allumettes.

Quand il revint dans la salle de bains, Charlotte s'habillait en sanglotant. Il l'observa en silence. Une touche de fard à paupières, un peu de rouge à lèvres. Elle avait enfilé un jean et un chemisier jaune paille sur lequel se détachaient de somptueux motifs chinois d'un rouge incandescent. Son visage était chiffonné de larmes. Chakras probablement verrouillés, grippés même, jusqu'à la fin des temps.

Il s'en voulait à mort de n'avoir pas été présent. De n'avoir pu empêcher Mimi Siku d'aller jouer les apprentis funambules. Après tout, Charlotte n'était nullement obligée de supporter la présence d'un fils dont lui-même ignorait jusqu'à ces derniers jours l'existence. Il avait beaucoup exigé d'elle, mais que lui avait-il donné en échange ? Il s'était montré parfaitement égoïste et, malgré le caractère exceptionnel de sa situation, il ne put se défendre envers elle d'un sentiment de culpabilité.

La sonnerie de la porte d'entrée l'arracha heureusement à la morosité de ses réflexions.

En traversant le salon, il aperçut Mimi qui boudait dans la cuisine, la tête entre ses jambes, abîmé dans une tristesse infinie.

C'était Richard Montignac. Appuyé contre l'encadrement de la porte, l'œil vitreux sous le sourcil bleu sombre, l'haleine aussi chargée qu'un boat people, il hésita un court instant, puis pénétra dans l'appartement d'un pas mal assuré et tituba jusqu'au canapé où il s'effondra en poussant un grognement soulagé.

Le cheveu hérissé en bouclettes hagardes, il ressemblait à un noyé qu'on aurait tiré hors de l'eau quelques secondes plus tôt.

– J' te remercie, Stéph, grommela-t-il d'une voix amorphe… Vraiment, j' te remercie… Les russkoff m'ont fait boire des litres de vodka, on a discuté, topé, retopé, bu et rebu… Eh ben, mon p'tit vieux, le résultat des courses, c'est que j'en ai un sacré coup dans l'aile… Je sens que demain, Big Ben va sonner l'angélus toute la matinée dans ma cafetière… À propos, où sont mes clés de bagnole ?

Stéphane les lui rendit sur-le-champ.

– Et le gosse ? demanda Richard.

– Dans la cuisine !

Stéph résuma brièvement la situation à Richard Montignac qui l'écouta entre deux haut-le-cœur. Ponctuant la conversation de borborygmes et de gargouillis intestinaux.

– Encore une chance que ce soit un vrai singe, ton môme, observa-t-il au final.

L'apparition de Charlotte, comme le téléphone sonnait, coupa court à la conversation.

La jeune femme laissa tomber son sac de voyage sur le sol, et, le chat au creux des bras, alla décrocher.

– Oui ?… Qui ça ?… Ah oui… Ne quittez pas, je vais voir…

Stéphane vit son visage s'altérer subitement, se durcir, puis se détendre à nouveau, mais son expression avait radicalement changé, définitivement lointaine.

– Pour le petit sauvage, annonça-t-elle, ta femme… Tu sais, la pétasse qui refuse de divorcer…

Elle tenait le combiné entre deux doigts comme un objet répugnant de saleté et vaguement maléfique. Elle le laissa choir sur le sol.

– Mimi ! s'égosilla Stéphane.

L'adolescent fit irruption dans le salon. Il lui désigna du menton le téléphone qui gisait sur le sol, telle une araignée venimeuse.

– C'est maman ! dit-il bêtement.

Tandis que l'adolescent s'emparait du combiné, Charlotte vint se planter devant lui, altière et tremblante. Elle avait retrouvé toute sa superbe. Ses longs cheveux blonds flottaient librement sur ses épaules, luttant avec la pâleur du chemisier.

– Il n'est plus possible que je vive ici, déclara-t-elle, vraiment plus possible… j'aurai tout essayé, mon pauvre Stéph… Je préfère vous laisser en famille… Tu peux lui demander de venir vivre ici, si tu veux. Je n'y vois pas d'inconvénient. Je n'ai d'ailleurs nullement l'intention de compromettre mon évolution karmique pour de basses questions sentimentales. Il y a des priorités beaucoup plus graves que notre bonheur conjugal... Je passerai plus tard prendre mes affaires.

– Mais enfin, Charlotte, tu ne vas pas...

– Si justement, je vais...

– Mais, attends !

Elle ne l'entendait déjà plus. Elle marchait vers la porte. Il espéra jusqu'au dernier moment qu'elle aurait l'instinct ou l'envie de faire demi-tour sur une fausse sortie, satisfaite de cette improvisation théâtrale. Mais, elle ne le fit pas. Elle passa la porte et la claqua sur ses talons sans prononcer un mot.

Richard, ahuri par l'alcool et cette altercation inattendue, faillit ajouter un commentaire, mais en voyant la tête de Stéphane, il se ravisa aussitôt. Inutile d'en rajouter. Entre Mimi, les cours du soja, et la déprime de Charlotte, il avait déjà bien assez d'occasions de « sauter les plombs ».

L'oreille collée au combiné du téléphone, Mimi Siku, lui, conversait en wayana avec Patricia. Et la seule voix de sa mère, distante de plus de 7 000 kilomètres, paraissait lui procurer un bonheur sans égal. Il se mit à rire, et haussa la voix pour mieux se faire entendre. Rit de nouveau, les yeux au bord des larmes. Au point que Stéphane en éprouva un vague sentiment de jalousie. Mimi était à Paris, mais son esprit flottait toujours au-dessus du carbet de Lipo-Lipo.

Un court instant, Stéph se demanda s'il ne vaudrait pas mieux pour lui aller chercher Charlotte et reconduire son fils à Roissy. Quitte à choisir, et échec pour échec, autant essayer de reconquérir Charlotte plutôt que de se rapprocher de Mimi Siku qui, dans quelques jours, regagnerait Lipo-Lipo et l'oublierait probablement au bout de quelques semaines.

Il s'en voulut aussitôt de ce raisonnement coupable. Une fois de plus, il n'assumait pas son rôle. Il se montrait lâche. Un père responsable aurait tenu le raisonnement exactement inverse. Puisque Charlotte était incapable d'accepter cette situation exceptionnelle, c'est qu'elle ne l'aimait pas vraiment. La venue de son fils aurait simplement servi de révélateur.

Impuissant à résoudre ce dilemme, Stéphane Marchado se réfugia dans des considérations plus terre à terre.

– Tu dînes avec nous ? demanda-t-il à Richard Montignac.

Celui-ci leva un œil morne dans sa direction, puis d'une voix pâteuse :

– Non, j' te remercie, mais j'ai promis à Marie de rentrer de bonne heure. Déjà qu'elle va tirer une tronche pas possible en me voyant rentrer dans cet état-là !

– Tu veux un Alka-Seltzer ?

– Deux !

– Baboune ! Baboune ! cria Mimi Siku... Palikou veut te parler.

Stéphane empoigna le téléphone à contrecœur.

– Oui ?... Mais non, je ne suis pas énervé... Je suis très calme au contraire... Mais non, tout va bien...

Dans sa voix perçait un agacement à peine maîtrisé. Qui, pourtant, ne tarda pas à s'effacer devant des inflexions plus douces, très douces même.

Lorsqu'il raccrocha, le regard de Mimi scintillait comme un sapin de Noël.

– Gentille, Palikou ? glissa-t-il d'un air canaille.

– Une emmerdeuse, oui, fulmina Stéphane Marchado… Comme Charlotte…

– Elles sont toutes comme ça, confirma Richard Montignac en éructant.

11

Ce soir-là, avenue Élisée-Reclus, l'atmosphère fut aussi paisible que lugubre. L'absence de Charlotte pesait sur eux comme une chape étroite et contraignante, éteignant les bavardages et jusqu'au désir de trouver le moindre sujet de conversation qui aurait pu faire diversion.

Ils dînèrent dans un silence quasi monastique. Richard élimina ses vapeurs d'alcool en avalant quelques bouchées d'omelette et en noyant sa vodka dans plusieurs tasses d'arabica. Mimi jongla avec quelques pommes noisettes qu'il goba avec art. Quant à Stéph, il se contenta de taquiner un ou deux cornichons d'une fourchette distraite.

Dans le salon, seule la télévision, réglée à faible volume, mettait une note d'animation. On y retransmettait un match de football : Paris-Saint-

Germain-Bayern de Munich. Le Bayern menait par un but à zéro. Les cris des supporters et les commentaires du journaliste se fondaient dans un chuintement confidentiel.

La prestation de Charlotte les avait laissés tous trois anéantis, trois voyageurs abandonnés sur le quai d'une gare de province un jour de grève. Quelqu'un manquait. Une voix, une présence, le martèlement de chaussures à talons, un parfum sucré. Ce n'était ni la Berezina ni zazen. C'était un no man's land dans lequel ils s'étaient enfoncés à la minute même où Charlotte avait franchi le seuil de l'appartement.

Pensif, Stéphane remâchait sa rancœur. La scène du départ de Charlotte, enregistrée avec une précision de scanner, tournicotait dans sa tête sans le laisser en repos. Il la revoyait debout au milieu du salon. Il entendait sa voix faussement nonchalante répondre au téléphone à Patricia. Et le bruit de la porte claquant derrière elle comme se referme une pierre tombale.

Devait-il s'en attrister ou au contraire en éprouver du soulagement ? Il ne savait plus. Ni ce qui était juste ou pas. Ni ce qui était important ou dérisoire. Il nageait en plein brouillard, avançait à l'aveuglette dans une jungle semblable à celle de Lipo-Lipo, égaré, dépouillé de toute énergie comme de toute capacité de réaction. Il n'avait même pas eu envie de la rattraper dans l'escalier, de s'humilier pour qu'elle revienne. Il finissait même par se demander si le départ de Charlotte n'allégeait pas d'une certaine façon ses soucis du moment.

Extraordinairement attentif, Mimi Siku, le nez dans son assiette, l'observait à la dérobée. Cet air sombre, cette lenteur des gestes pour croquer ses malheureux cornichons, ce regard absent, il ne les lui avait jamais connus depuis qu'ensemble ils avaient pris l'avion à Caracas. Il eut envie de tenter l'impossible pour faire refleurir un sourire sur les lèvres de Baboune. Et pour cela, il n'eut pas d'autre solution que de l'aider à percer l'abcès.

Il s'approcha de Stéph avec cette précaution qu'on apporte aux actions délicates.

– Baboune, pourquoi Charlotte partie ? demanda-t-il d'une voix suave.

En réponse, Stéphane lui jeta un regard glacial, dénué de toute affection.

– Mimi… Mimi, s'il te plaît, ne me prends pas pour un con… Tu sais très bien pourquoi Charlotte est partie.

Mimi Siku sentit qu'il se maîtrisait pour ne pas exploser. Il poursuivit néanmoins. Parler restait la meilleure des thérapies.

– Toi qu'une seule femelle ?

– Oui, moi qu'une seule femelle !

– Toi pas assez casseroles ?

La remarque de l'adolescent eut pour effet de désarmer presque instantanément l'agressivité de Stéphane Marchado. Le poids qui lui comprimait l'estomac s'allégea d'un seul coup.

Le visage du jeune Indien wayana n'était plus qu'à quelques centimètres du sien, et il pouvait presque deviner les pensées qui traversaient l'œil noir posé sur lui avec tendresse.

– Écoute, Mimi, dit-il d'une voix radoucie, quand on aime vraiment une femme... comment t'expliquer... c'est comme si on avait une grande image devant les yeux et qui vous bouchait tout l'horizon, on ne voit plus qu'elle, on ne peut plus rien apercevoir au-delà. C'est une présence de tous les instants. Il y a la grande image et rien de ce qu'il y a autour ne nous intéresse plus... Tu comprends ?

Il ne comprenait pas. « Bien sûr, pour toi, tout est simple, songea Stéphane, quand tu as envie, tu négocies... Un coup de troc, et l'affaire est réglée... Mais, moi, qu'est-ce que je pourrais troquer contre Charlotte ?... Les sentiments ne se troquent pas ! »

Mimi Siku soupira avec ostentation.

– Je comprends la grande image... Mais, moi toujours petite image... Alors, Mimi voir quand même les autres à côté !

Stéphane ne répondit rien. En bout de table, Richard Montignac, le front posé sur ses avant-bras, somnolait avec une application qui faisait plaisir à voir.

– Je crois qu'il vaudrait mieux qu'il passe la nuit ici, dit Stéph à voix basse. D'ailleurs demain tu iras chez lui, je ne pourrai pas m'occuper de toi. Tu verras, ses enfants sont formidables...

– Je ne suis plus un enfant, répliqua alors Mimi Siku avec gravité. Fanentéyou changer petite lumière dans mon cœur.

Richard Montignac roulait au pas, à peine remis de ses libations de la veille. Il habitait une petite maison cossue à Neuilly, juste en bordure de Seine. Il gara la Cherokee dans l'allée, prête à repartir. Un gazon coupé aussi ras qu'un gazon anglais cernait la maison, agrémenté ici et là de petits arbustes et de massifs de rosiers.

– Bon sang, ça fait du bien de rentrer chez soi ! observa-t-il d'une voix ensommeillée.

– Pas pour longtemps, rétorqua Stéphane, on repart dans cinq minutes.

Il descendit le premier avec Mimi. Marie Montignac, une jolie brune de trente-cinq ans à peine, cheveux courts coiffés au carré, nez grec, cou de cygne blanc et vrai collier de perles, s'avança au-devant d'eux. Elle était vêtue d'un tailleur orange vif où scintillait une broche d'argent en forme de tulipe, et qui tranchait avec le noir du chemisier. Une fois de plus, Stéphane lui trouva un air ennuyé et ennuyeux. Le type même de femme BCBG qui passe son temps à tuer le temps, mais en se lamentant au lieu de se réjouir dès que survient le plus petit incident susceptible de bousculer le morne déroulement de journées toutes semblables.

Elle commença par embrasser Stéphane. Deux bises seulement plaquées du bout des lèvres sur la joue, avec un mouvement sec de la nuque.

Richard, lui, n'eut droit qu'à un baiser au coin des lèvres, rapide et léger comme un vieil oiseau.

Stéph devina que la vodka n'était pas étrangère à cette distance froide.

– Mimi, je te présente Marie, annonça Stéphane Marchado.

– Bonjour Mimi, fit Marie d'une voix qui dérapait vers les aigus.

L'adolescent lui décocha un sourire aussi ravageur qu'une fléchette de sarbacane imbibée de curare.

Richard, démarche chaloupée, les précéda à l'intérieur.

– Tu sais Marie, enchaîna Stéphane, c'est vraiment sympa d'accepter de garder le petit... Tu comprends, en ce moment, ce n'est pas très facile pour moi avec cette histoire de soja. Pour lui non plus d'ailleurs, il se sent un peu perdu ici... C'est pour cela que j'ai pensé...

– Mais bien sûr Stéph, s'empressa Marie Montignac, tu as bien fait. Jonathan et Sophie lui tiendront compagnie... Jonathan, Sophie... venez dire bonjour à... Comment s'appelle-t-il au fait ?

– Mimi Siku... C'est de l'indien wayana. Ça veut dire Pipi-de-Chat.

Contrairement à ce qu'il attendait, Marie Montignac n'eut aucune réaction, ne pouffa pas, ne posa aucune question. Il aurait tout aussi bien pu lui dire qu'il s'appelait « Sacrée soirée » ou « Perdu de vue » qu'elle n'aurait pas montré davantage de curiosité. D'ailleurs, Marie était la fille la moins curieuse qu'il avait jamais rencontrée. À croire que rien ne l'intéressait vraiment, hormis son confort domestique et ses visites hebdomadaires au Secours catholique.

Elle dut claironner à nouveau :

– Jonathan !… Sophie !

Sans plus de résultat.

Pieds nus, baskets nouées par les lacets autour du cou, Mimi la tira d'embarras en se présentant lui-même aux deux ados que le poste de télévision rendait insensibles à toute présence extérieure.

– Bonjour ! lança à son tour Mimi Siku.

Jonathan, un garçonnet de onze ans qui s'abîmait dans un reportage du commandant Cousteau en mangeant du pop-corn, réagit le premier en crachant un « salut » boueux. Sophie, Walkman vissé sur les oreilles, dernier numéro de *Podium* avec Roch Voisine en couverture étalé sur les genoux, ne leva même pas les yeux, prisonnière de son monde intérieur.

Mimi Siku la fixa longuement sans qu'elle parût s'apercevoir de cet examen. Fasciné. À quatorze ans à peine, Sophie Montignac respirait déjà une espèce de sensualité trouble, dénuée d'agressivité ou, pire, de vulgarité, mais quelque chose qui se situait entre adolescence et âge adulte sans qu'une frontière exacte pût être tracée. Ni enfant ni même Lolita. Saine jusqu'au bout des ongles, et cependant déjà femme. Et cette présence sous-jacente était repérable à mille petits détails, et ce jusque dans sa façon de se trémousser sur le canapé en écoutant le dernier tube de Stéphan Eicher.

Il n'y avait guère que sa façon de s'exprimer, juvénile, pour lever totalement cette ambiguïté. Cheveux châtains, frange coquine, yeux mutins et rieurs, nez retroussé sous une pluie de taches de rousseur pour tout maquillage. Un petit bijou sorti de son écrin.

Mimi Siku s'approcha d'elle. Ses yeux chocolat espérèrent rencontrer le temps d'un soupir les yeux bleu pâle qui hésitaient à accrocher son regard. Enfin, elle leva la tête, et Mimi reçut le choc d'un visage espiègle et candide. Leva la tête, mais sans le voir vraiment, sans entendre le « bonjour » qu'il lançait comme un signal de détresse à son intention. Et Mimi s'enferra dans le piège que lui tendait son silence.

Il sourit en désespoir de cause, puis remisa son sourire, blessé par tant d'indifférence. Il lui aurait pourtant suffi de faire le pitre pour attirer son attention, comme lorsque à Lipo-Lipo il désirait séduire une fille du village. Mais là, il recula devant cet artifice, paralysé par une soudaine et incompréhensible gaucherie.

Avec ses airs de petit animal sans défense, Sophie Montignac avait pourtant quelque chose d'une Palikou adolescente. Du moins s'il en croyait les photographies que lui avait montrées Patricia.

Sans doute était-ce pour cela que, d'emblée, elle lui avait plu.

– Toi avoir bonne idée Baboune, remercia Mimi Siku.

Son cœur battait plus fort depuis qu'il se trouvait en face de Sophie. Il repensa à la grande image dont parlait Stéphane, et qui bouchait tout l'horizon. Mais Sophie n'avait pour le moment aucune image devant les yeux, hormis celle de Roch Voisine. Il lui restait transparent. Hors de son monde à elle.

– Il vient d'où le sauvage, questionna enfin Jonathan en continuant à s'empiffrer de pop-corn.

Marie Montignac, percevant un malaise, s'efforça d'y remédier par un dialogue pédagogique.

– D'abord, on ne dit pas sauvage, Jonathan. Ensuite, il vient de très loin, de chez les Indiens…

– Wayana, précisa Stéphane Marchado.

– De chez les Indiens wayana, pas loin de l'Amazonie…

– Ah ouais ! comme le mec avec des lèvres en plateau qu'a ramené Sting.

Marie Montignac eut un sourire contrit.

– C'est presque ça.

– Et alors ? Lui aussi il veut du fric…

Marie Montignac et Stéphane Marchado échangèrent un regard consterné. Le visage de Marie se froissa d'orgueil blessé comme du papier pelure, puis redevint lisse comme un jeune marbre. Mimi n'insista pas, davantage par indifférence que par résignation. Il avait repéré l'aquarium géant qui tapissait l'un des murs du salon, et sur lequel veillait jalousement Richard Montignac. Celui-ci, à ses heures perdues, y avait rassemblé des espèces assez rares qu'il s'efforçait de faire cohabiter.

– Ils te plaisent ? demanda-t-il à Mimi.

– Beaux les poissons, acquiesça Mimi…

– Eh ben y peuvent mon bonhomme, y en a pour trois briques de ces bestioles ! Tiens, regarde celui-là, c'est un *Ficum Picandis*… Je crois même que ça vient de chez toi… Ou en tout cas, pas loin. Je suis même pas persuadé que Cousteau en ait jamais vu un de sa vie…

– Cousteau ?

– Bon, d'accord, on change de disque, laissa tomber Richard Montignac…

Il était plus fier de sa collection sous-marine que s'il avait eu un authentique Gauguin accroché au-dessus de son lit. Il se mit à tapoter doucement contre la paroi de l'aquarium. La plupart des poissons prirent la fuite, à l'exception du *Ficum Picandis* qui demeura immobile, comme suspendu au bout d'un fil invisible, apparemment très attentif au monde aride qui se déployait de l'autre côté de la paroi de verre.

– Tu vois, dit Richard en s'adressant à Stéph, j'ai bien l'impression que celui-là me reconnaît. Et pourtant, ça fait seulement deux semaines qu'il est là. Mais, on a très vite sympathisé.

– Tu es sûr qu'il n'est pas plutôt sourd comme un pot ton bifidus ? observa Stéphane.

Richard haussa les épaules.

– En fait, les poissons c'est comme les chats, très indépendants, mais si tu leur donnes à becqueter, ils finissent par te renvoyer l'ascenseur.

Stéphane se pencha pour admirer le phénomène. Mais, moins sentimental que Richard avec la faune sous-marine, il ne vit que deux globes vitreux qui projetaient sur lui leur regard défunt, et des branchies qui brassaient l'eau de chaque côté d'une tête ovoïde avec une régularité de battements d'ailes.

Marie Montignac avait entraîné Mimi Siku vers le jardin. Richard proposa à Stéph de les rejoindre.

Au passage, Sophie ôta les écouteurs de son Walkman.

– Au fait, c'est quoi son nom au petit Arabe ?

– Mimi Siku ! fulmina Richard… Et ce n'est pas un petit Arabe, mais un Indien.

– Un Indien ?… avec des plumes et tout le tremblement ?…

– Un Indien d'Amazonie, rabâcha Richard Montignac… Mimi Siku est un Indien d'Amazonie…

– Mimi Siku ! pouffa Sophie Montignac. Tu parles d'un nom…

– Ah ! parce que tu crois que Roch Voisine, c'est mieux comme nom ?

Il sortit de scène sur une bordée d'injures marmonnées entre ses dents.

– J'en ai marre, grogna-t-il une fois à l'air libre. Je ne la comprends plus… Quatorze ans, tu sais, c'est l'âge con, tu vas bientôt connaître ça, et je te souhaite bien du plaisir. Enfin, j'espère que la pension va lui faire du bien.

– Tu vas mettre Sophie en pension ? s'étonna Stéphane Marchado.

– Marie n'est pas d'accord, mais moi j'en peux plus… Et je ne céderai pas. Après tout, il y a des tas de gosses qui vont en pension, et ils n'en meurent pas pour ça.

– T'as été en pension, toi ?

– Non…

Silence.

– Mais, c'est pas pareil…

Derrière la villa, le jardin, séparé au milieu par une allée au dallage composite, descendait doucement jusqu'en bordure de Seine. Un minuscule ponton le prolongeait sur le fleuve, flanqué d'un dinghy à moteur.

– Pirogue ! Pirogue ! s'écriait Mimi.

Marie Montignac posa une main sur son épaule.

– Oui… bateau Mimi… aller sur l'eau… L'eau, c'est la Seine.

Elle avait appuyé sur ce dernier mot, comme si elle s'adressait à un tout petit enfant balbutiant ses premiers mots.

– Tu peux lui parler normalement, s'agaça Stéphane… Il n'est pas débile ni autiste !

Marie Montignac se renfrogna. La moindre réflexion, et elle était au bord des larmes. Cela devait tenir à un dérèglement nerveux congénital.

Stéph rejoignit Mimi Siku au bord du fleuve.

– Mimi, il faut que j'y aille. Tu me promets que tu te tiendras tranquille. Jonathan et Sophie vont te tenir compagnie.

L'avant-bras de l'adolescent, plongé dans la Seine jusqu'au coude, barattait l'eau avec ardeur.

– Reviendras bientôt, Baboune ?

– Bientôt, c'est promis.

Il se pencha vers lui, et, au dernier moment, s'aperçut qu'il avait amorcé son geste avec l'idée de l'embrasser sur le front. Mais, un sentiment étrange l'empêcha de transformer cet « acte manqué ». Il se redressa, vaguement mal à l'aise. Un geste si simple pourtant ! Il s'en voulut une fois de plus de n'avoir pas osé.

La voix de Richard, derrière lui, s'impatienta subitement.

– Bon, allez Stéph, il faut y aller.

Puis, comme Stéphane tardait à se décider :

– Alors, tu viens Baboune…

12

Le même hôtel sordide, rue Houdon. Une femme de ménage asiatique en robe à fleurs et tongs bleu vif, passait l'aspirateur dans l'entrée. Personne à la réception. Atmosphère feutrée, aussi chaleureuse qu'un hôtel borgne de la banlieue de Moscou. Les Lettons devaient avoir choisi cet endroit par nostalgie. Des odeurs de cuisine orientale parvenaient par bouffées épicées. Déprimant. SDF, Stéph n'en aurait pas même voulu pour une nuit.

– Bon alors, pas de blague, hein ? recommanda Richard Montignac. On y va en douceur, on marche sur des œufs, on fait l'opération en deux temps trois mouvements, et *Hasta luego*…

Stéphane admira l'optimisme conquérant de Richard Montignac, grommela un vague acquiescement. D'ordinaire, c'était plutôt lui qui l'entraînait sur ses traces. Mais, pas cette fois. Depuis le début, au contraire de son associé, cette affaire ne l'inspirait que médiocrement. Sa raison s'acharnait à demeurer supérieure à son ambition, à contrôler son désir de voir régler cette transaction au plus vite.

Richard le précéda dans les escaliers, frappa à la porte de la chambre. Cette fois, ce fut le faciès vultueux de maître Joanovici qui apparut dans l'entrebâillement.

– Entrez ! entrez mes amis ! s'empressa-t-il.

Il avait l'air soulagé de les accueillir. Il s'effaça devant eux. Stéph cut le sentiment étrange de tourner dans un épisode de « Miami Vice ». Rendez-vous dans une chambre d'hôtel minable, comité d'accueil, lunettes noires, Sony Croket et Ricardo Tubs, 9 mm planqués sous l'aisselle, dialogues au hachoir…

Sonia Kouchnoukatzé, en robe du soir lamée or, servait une rasade de vodka à son frère Pavel. Stéph commençait d'ailleurs à douter sérieusement que ce fût son frère ! Ils donnaient l'impression de revenir d'une virée houleuse et très imbibée dans le gai Paris. À moins qu'ils n'aient tout bonnement l'habitude de carburer à la vodka dès le petit déjeuner.

– Un verre ? proposa Pavel Kouchnoukatzé à Stéphane en lui broyant les phalanges.

Stéph refusa poliment, puis accepta sous la pression discrète de Richard qui, décidément, devait commencer à y prendre goût.

« De la vodka à dix heures du matin ! se dit Stéphane Marchado, il m'aura vraiment tout fait celui-là. »

– Messieurs, dit Joanovici, comme vous allez pouvoir le constater, nos amis n'ont qu'une parole. La totalité de la somme est là...

Ce fut Sonia qui, d'un air impassible, ouvrit la mallette posée sur le premier lit.

– 800 000 dollars en liquide ! annonça triomphalement l'avocat.

Stéphane et Richard déglutirent à la vue des liasses de billets. Souffle coupé. Le premier, Richard Montignac ne put se défendre d'un légitime mouvement de curiosité. Il allongea la main pour s'emparer d'une des liasses et commencer l'inventaire.

La main courte et potelée de Joanovici referma alors d'un coup sec la mallette sur ses doigts, lui arrachant un cri bref aussitôt étouffé.

– Messieurs ! protesta-t-il... Vous n'allez tout de même pas recompter devant monsieur Kouchnoukatzé. Il prendrait cela pour un terrible manque de confiance de votre part, un véritable affront...

Pavel Kouchnoukatzé prononça quelques mots en russe à l'adresse de l'avocat dont la grosse figure blêmit instantanément.

– Monsieur Kouchnoukatzé, dans ces conditions, préfère renoncer à la transaction, dit-il.

Joanovici comprenait le Letton à présent. De plus en plus bizarre...

Richard grimaça un sourire ulcéré.

– OK ! eh ben, dans ces conditions, on ne recompte pas… Nous ne voudrions pas que monsieur Kouchnoukatzé se méprenne sur nos intentions…

Joanovici, d'une main secourable, lui tendit alors les contrats en double exemplaire.

Un large sourire illumina la face convulsée du Letton.

– Richard, intervint Stéphane Marchado, je peux te parler une seconde ?

Sans attendre la réponse, il l'empoigna par le bras et l'entraîna sur le palier, referma derrière lui d'un coup de talon.

– T'es tombé sur la tête ou quoi ?

– Oh !… qu'est-ce qui te prend… On nous offre 800 000 dollars, on ne va tout de même pas faire la fine bouche.

– Mais t'es cinglé, s'emporta Stéphane Marchado, de l'argent liquide !… On ne va quand même pas blanchir de l'argent de la Mafia russe…

– Quoi la Mafia russe ?… Tu regardes trop la télé, mon petit vieux. T'es déphasé !

Stéph le fixa avec stupeur. Une telle inconscience frisait la bêtise et méritait la peine maximale.

– Eh bien moi, je signe pas ça ! dit-il.

– Ah oui ? et t'as une autre solution peut-être ? Je ne sais pas si t'es au courant, mais la tonne de soja était à 110 ce matin. Si on ne signe pas, on perd une fortune.

– Eh bien, je préfère perdre une fortune plutôt que d'avoir Interpol aux fesses et de me retrouver demain en cabane. On va se débrouiller sans eux. On va vendre nos parts de société, on empruntera, on hypothéquera ta maison, mon appartement, ta Cherokee, ma BM, tes poissons rouges...

Richard Montignac l'écoutait, ahuri.

– Et mes gosses, et Marie, qu'est-ce que t'en fais ? C'est facile pour toi... Charlotte s'est barrée, t'as plus rien à défendre, à part ton confort de petit-bourgeois.

Stéphane sentit qu'il allait perdre patience. Une bouffée de colère l'envahit, déclenchant une pluie acide le long de son œsophage. Derrière la porte, les Lettons devaient s'impatienter. On entendait la voix de Joanovici qui grondait en sourdine.

– Moi aussi, j'ai un gosse, figure-toi...

– Oui, à la seule différence que moi, mes gosses, c'est Reebok, Kookaï et Nintendo, c'est pas caca-huètes, bananes et Kitekat !

– Ah bon, qu'est-ce que t'as contre les caca-huètes ?

– Sophie, Jonathan, à table, les enfants !

Marie Montignac, un torchon à la main, battait le rappel de ses troupes tout en surveillant la cuisson des poissons panés qui rissolaient dans la poêle en exhalant un parfum insipide.

Dehors, le soleil de midi cuisait et recuisait les berges de la Seine.

Un bruit de cavalcade répondit à l'injonction de Marie Montignac.

Jonathan se présenta le premier, la mine renfrognée, la lèvre boudeuse comme au lendemain d'un bulletin scolaire désastreux. Puis, Sophie, Walkman toujours vissé sur les oreilles. Tous deux se laissèrent tomber sur une chaise dans un silence réprobateur. Sophie introduisit une autre cassette dans le petit magnétophone qui pendait en bandoulière sur sa poitrine naissante, et relança la voix rauque de Mick Jagger.

– Où est Mimi ? demanda Marie.

– Dans le jardin, ronchonna Jonathan... On va devoir le supporter encore longtemps ?

Sur le visage de Marie Montignac se peignit une expression contrariée.

– Pourquoi dis-tu ça ?... Il est gentil, Mimi.

– Tu parles, il est débile !

– Mais non, il n'est pas débile, il est seulement différent.

– Ouais, c'est exactement ce qu'on dit des mongols...

Cette fois, Marie Montignac perdit patience.

– Je t'ai déjà dit qu'on ne disait pas mongols, mais mongoliens... D'ailleurs, tu ne devrais même pas dire mongoliens mais trisomiques... Et puis ce n'est pas gentil de te moquer de Mimi...

Jonathan avala une gorgée de Coca en rechignant. Par esprit de contradiction, il préférait le Pepsi.

– C'est ça... On ne dit pas aveugle mais non-voyant, pas sourdingue mais mal-entendant... Qu'est-ce que ça change ? Il est quand même débile !

Voyant qu'elle n'aurait pas le dernier mot, Marie renonça.

– Va chercher Mimi, s'il te plaît…

À contrecœur, Jonathan se leva de table et fila vers le jardin. Sophie se trémoussait toujours sur sa chaise, oscillant avec des grâces lentes de danseuse orientale. Marie se pencha vers elle et souleva un écouteur du Walkman.

– Ça t'ennuierait beaucoup d'arrêter cet engin… on est à table !

Sophie, agacée, stoppa le magnétophone et ôta son minicasque.

– Pas la peine de râler !…

– Tout de même, Soso, tu pourrais faire un effort.

– Ah non ! tu vas pas recommencer à m'appeler Soso, j'ai déjà un nom débile, pas la peine d'en rajouter.

– Débile, soupira Marie Montignac, vous n'avez décidément que ce mot-là à la bouche.

L'arrivée de Jonathan, pâle comme un mort, mit fin à la dispute.

– Maman, balbutia-t-il… je… je crois que l'Indien, il a fait une bêtise.

Marie Montignac laissa aussitôt tomber son torchon et se jeta hors de la cuisine sans prendre la précaution d'arrêter le gaz sous les poissons qui commençaient à roussir en dégageant une odeur de beurre brûlé.

Accroupi à deux pas du fleuve, Mimi Siku faisait rôtir tranquillement une brochette de petits poissons sur un gril improvisé. Une épaisse fumée se dégageait du foyer. À demi rassurée, Marie Montignac s'approcha de lui en chassant la fumée d'un battement de mains, comme si elle avait voulu écarter des myriades d'insectes.

De la voix un peu molle qui lui était coutumière, elle demanda :

– Eh bien, Mimi… mais qu'est-ce que tu fais ?… Tu sais, ça peut être dangereux de faire du feu dans le jardin… Et puis, qu'est-ce que tu fais griller là, d'où ils sortent ces poissons ?

Mimi désigna la maison.

– De la réserve, là-bas.

Pris d'un doute affreux, Jonathan se précipita en courant vers le salon dont la porte-fenêtre bâillait à la lumière cruelle de midi.

Et en ressortit quelques secondes plus tard en hurlant d'une voix qui s'asphyxiait :

– Maman !… Maman !… il est débile, il a becqueté les poissons à papa !

– Mon Dieu ! jura Marie Montignac.

Mimi la vit repartir en courant vers la maison, talonnée par Jonathan.

« Sont fous ici, complètement fous », songea-t-il.

Quand il les rejoignit à l'intérieur, Marie Montignac était plantée devant l'aquarium et contemplait avec hébétude le grand sarcophage de verre où ne subsistait plus désormais qu'une eau trouble gazéifiée par le système d'oxygénation.

– Sophie !… Sophie ! hurla Jonathan… Viens voir… Le gogol, il a becqueté les poissons à papa.

Sophie apparut quelques secondes plus tard, nonchalante et féline.

– Regarde ! lui intima Jonathan.

Elle jeta un coup d'œil distrait en direction de l'aquarium. Constata l'absence des poissons qui, une demi-heure plus tôt, croisaient et recroisaient paisiblement dans leurs eaux territoriales. Une lame de fond semblait avoir tout dévasté. Pourtant, aucun poisson ne frétillait sur le sol, rejeté par la vague. Ils avaient disparu corps et biens.

À la surprise générale, elle n'eut pas la réaction escomptée.

– Et alors ? grommela-t-elle… Il commençait à nous gonfler, papa, avec ses bestioles.

– Non, mais tu te rends compte de ce que tu dis ? s'écria Jonathan, effaré, cet abruti en a bouffé pour trois briques !

Au bord des larmes, Marie Montignac ne parvenait pas à détacher ses yeux de l'aquarium soudain déserté.

– Il les aimait tellement ses poissons, dit-elle en reniflant doucement…

Mimi Siku lui toucha l'épaule d'une main qui se voulait consolante.

– Pas grave, dit-il, beaucoup poissons dans la rivière. Moi en pêcher d'autres…

Sophie, cette fois, le considéra avec amusement, et Pipi-de-Chat ne put se défendre d'un sentiment d'orgueil pour avoir enfin attiré son attention. Ils échangèrent un sourire indécis.

– Bon, là je renonce, soupira Jonathan… Mais je vous le dis quand même, on est mal… on est vraiment mal.

À la sixième vodka, Richard Montignac dut renoncer aux belles résolutions qu'il avait prises le matin même. Lâchement abandonné par Stéphane, il allait devoir une fois de plus faire seul les frais de l'éthylisme des Lettons.

Contrat en poche et mallette en main, il repartit en titubant de l'hôtel de la rue Houdon. Maître Joanovici, dont la résistance à l'alcool semblait commencer à s'émousser, le raccompagna jusque sur le trottoir. Pleinement heureux du bon déroulement de la transaction.

– Monsieur Marchado ne fera pas de difficultés, vous en êtes sûr ? s'inquiéta-t-il malgré tout tandis que Richard tâtonnait un peu pour engager la clé dans la serrure de la Cherokee.

– Ne vous inquiétez pas, Maître, dit pâteusement Richard Montignac, j'en fais mon affaire.

Maître Joanovici, que l'alcool égayait passablement, parut rassuré.

Le plus dur pour Richard fut ensuite de regagner le cabinet où l'attendait François Roustan.

En passant devant la secrétaire, il craignit que celle-ci, humant son haleine, ne lui fît une remarque désobligeante. Mais elle se contenta de l'introduire auprès de Roustan qui, le nez dans ses papiers, semblait d'humeur aussi exécrable que la veille.

– Ah ! vous voilà ! fit-il d'un ton rogue... Alors, vos Lettons ?

Richard Montignac, l'œil injecté, déposa la mallette sur le bureau avec un rien de solennité. Puis, comme s'il procédait à l'ouverture d'un testament capital, il fit sauter l'un après l'autre les fermoirs de métal.

Roustan demeura pourtant de marbre à la vue des impressionnantes liasses de billets.

– Qu'est-ce que c'est que ça ?…

– 800 000 dollars en liquide ! répondit naïvement Richard Montignac.

Roustan laissa planer un silence, le renvoyant très vite aux oubliettes.

– Vous me prenez pour un con ?… 800 000 dollars en liquide. Et d'où croyez-vous qu'il vient tout ce pognon ?… Vous avez décidé de vous reconvertir dans la blanchisserie et de m'offrir des parts de marché ?… Vous n'avez sans doute jamais entendu parler de la Mafia russe ?

Richard Montignac faillit refermer brutalement la mallette comme l'avait fait Joanovici quelques heures plus tôt. Si lui aussi s'y mettait…

– Bien sûr que j'y ai pensé à la Mafia russe…

– Mon pauvre Richard, se lamenta François Roustan, vous serez toujours aussi nul… Et qui sont ces braves gens qui, du jour au lendemain, peuvent vous sortir 800 000 dollars d'un chapeau ?

– Ils appartiennent à un important groupe financier d'Europe de l'Est qui, pour le moment, préfère conserver l'anonymat. Mais, vous pensez bien qu'on a pris des garanties. Sans cela, je n'aurais pas signé, ni Stéphane…

– Et il est où Marchado ?

Richard sortit les contrats d'une pochette intérieure de la mallette et les étala sous les yeux de Roustan.

– Il a signé, regardez… là… et encore là… Tout est en règle !

– Si vous le dites, soupira Roustan.

Il se leva et, refermant la précieuse mallette, alla l'enfouir au fond d'un coffre dissimulé derrière un faux Van Gogh.

– N'empêche ! commenta-t-il… J'espère qu'ils ont le moral et bon caractère vos gugus. Parce que la nouvelle vient de tomber à l'instant sur les téléscripteurs, confirmée par CNN : Pékin vient de lever l'embargo sur le soja.

Puis, d'une voix puissante qui ne souffrait aucune contestation :

– Alors votre soja, Richard, ça va être Tchernobyl !

À Marne-la-Vallée, la fête battait son plein en ce samedi après-midi d'été. Déployé sur une surface de cinquante-cinq hectares, le parc d'Euro-Disney drainait une foule avide et bon enfant.

Mimi Siku, fasciné, regardait tout autour de lui avec un enchantement croissant. Même si les noms de Mickey, Donald ou Peter Pan ne lui disaient rien, il n'était pas loin de les assimiler à certains des personnages mythiques dont on murmurait à Lipo-Lipo qu'ils hantaient parfois la forêt pour venir en aide aux chasseurs malchanceux ou au contraire, les mener à leur perte en les égarant dans des mondes parallèles merveilleux dont on ne revenait jamais. Sinon sous la forme d'un esprit farceur.

Pendant près d'une heure, il se promena d'une attraction à l'autre sans que jamais s'émousse sa capacité d'émerveillement. En d'autres circonstances, Baboune à ses côtés, sa joie eût été complète. Mais aujourd'hui, il s'étendait sur elle un voile noir qui avait le visage d'un garçon d'une quinzaine d'années aux yeux sombres, aux traits anguleux, aux boucles blondes et aux allures de James Dean adolescent.

Marchant devant lui, Sophie tenait la main de Benjamin Ratry, et Pipi-de-Chat n'apercevait plus d'elle qu'un balancement de hanches et d'épaules, qu'un rectangle de chair pâle – la nuque –, de lui un Flying Jacket et une paire d'anneaux de métal qui pendaient à ses oreilles décollées.

Jonathan les précédait d'un mètre ou deux seulement, nez au vent et cornet de glace en main.

Mais ce qui faisait le plus souffrir Mimi Siku était cette main serrant la main de Sophie Montignac, cette preuve de complicité impunément affichée.

De temps à autre, Sophie se retournait sur lui, mais ce n'était que pour vérifier s'il les suivait bien, comme le lui avait demandé Marie. Jamais son regard ne s'attardait, jamais un sourire. Elle était bien trop occupée à se sentir exister au côté de Benjamin.

Ils arrivèrent devant le carrousel de Lancelot.

– Eh Mowgli, lança Benjamin, ça te dirait un tour de manège ?

Sophie pouffa de rire. Mimi ne répondit rien, ignorant ce qu'était un manège.

Sur une plate-forme, tournant autour d'un axe plus épais qu'un tronc d'arbre, des chevaux de bois poursuivaient inlassablement leur ronde sans surprise tandis que des enfants s'efforçaient d'agripper une boule de laine rouge suspendue au bout d'un fil. La plate-forme s'arrêta. Mimi se laissa guider par Benjamin qui le dépassait d'une bonne tête.

– Allez, Mowgli, grimpe là-dessus ! ordonna-t-il sèchement.

Mimi Siku l'observa du coin de l'œil tout en vérifiant qu'il pouvait en une fraction de seconde se hisser sur le dos du cheval que Benjamin lui désignait. Un cheval en bois de peuplier harnaché d'un caparaçon décoré de figures héraldiques, et dont l'encolure encensait.

Benjamin insista avec une ironie blessante.

– Ne me dis pas que t'as jamais vu de cheval, l'Indien, sinon je vais vraiment finir par croire que t'es débile.

Mimi Siku se cantonna dans un mutisme noble, indifférent aux aboiements du roquet. Un roquet qui se prétendait rocker, dont les parents fréquentaient les cercles de bridge du 8e arrondissement et qui affirmait s'encanailler le week-end en buvant de la bière dans des cafés de banlieue.

– Alors, fais un effort, mon p'tit vieux, grommela Benjamin, t'es quand même pas obèse… Installe-toi bien et laisse-toi aller, j' t'en ai mis pour un quart d'heure. Éclate-toi, mon bonhomme !

Exaspéré, Mimi Siku décida de jouer les imbéciles.

– Et moi devoir quoi faire ?

– Mais t'as rien à faire, l'Indien, s'emporta Benjamin Ratry, tu te laisses aller, je te dis… ça monte, ça descend, ça te changera de ta savane…

– Moi pas comprendre, s'obstina Mimi Siku dont l'antipathie se transformait peu à peu en une agressivité à peine maîtrisée.

– Nom de dieu, mais t'es bouché ou quoi ?… Attends, je vais te montrer.

Il se hissa à la place de l'adolescent sur le cheval le plus proche, et mima un coursier au galop, cramponné à l'épieu de métal qui s'enfonçait dans la plate-forme. Et c'était ce geste que, précisément, Mimi Siku attendait.

Sophie était en train de payer à la caisse. Une voix nasillarde annonça dans un micro l'imminence du départ.

Quand le cheval de bois trembla sur ses bases et que Benjamin voulut lui céder sa place, Mimi exerça alors une pression discrète sur la carotide du soupirant de Sophie Montignac. Celui-ci, éberlué, n'eut pas le temps de réagir. Une musique médiévale, un subtil cocktail de flûtes et de hautbois résonna aux oreilles de Mimi Siku, et il vit le corps pétrifié de Benjamin s'envoler, ridiculement sanglé sur son cheval comme dans un costume trop étroit.

En le voyant ainsi fossilisé, Mimi Siku ne put retenir un éclat de rire franc et joyeux. À présent, Sophie était à lui.

Rien qu'à lui.

– Il ne vient pas avec nous, Benjamin? demanda-t-elle en le rejoignant au pied du manège.

– Non, répondit Pipi-de-Chat, lui préférer chevaux de bois. Moi venir avec toi.

Lorsque le « train fou » s'enfonça dans l'obscurité du *Head Knocker Tunnel* qui traversait *Big Thunder Mountain*, les cris se déchaînèrent en cascade. Dont celui de Sophie Montignac qui, prise d'une frayeur incontrôlable, alla se nicher au creux de l'épaule de Mimi Siku.

C'était elle, pourtant, qui avait insisté pour se rendre sur l'île que baignaient les *Rivers of the Far West*, et au centre de laquelle culminait une montagne de trente-trois mètres.

Jusqu'à l'entrée du tunnel, le parcours avait semblé un paisible voyage d'agrément, excepté quelques descentes et remontées abruptes au milieu d'un paysage tourmenté. Mais le passage obligé à travers *Big Thunder Mountain* avait tout changé.

Serrant Sophie contre lui, Mimi Siku semblait, en revanche, parfaitement insensible à la terreur que l'obscurité jointe à un tintamarre d'explosions et de rochers s'effondrant dans un vacarme apocalyptique faisait régner sur la locomotive et les cinq wagons du « train fou ». L'apparition soudaine d'un squelette fluorescent le laissa de marbre. Tout autant que la chauve-souris qui vint se balancer sous leur nez et dont il arracha le fil d'un coup sec avant de la jeter de côté sous les regards sidérés de l'adolescente.

Derrière eux, des hurlements éclatèrent, se propulsant de wagon en wagon.

– Toi pas avoir peur, dit Mimi, moi protéger toi !

Elle n'avait pas peur. Elle commençait même à se sentir merveilleusement bien. Il le devinait au relâchement de son corps contre le sien, à une forme de contact plus charnel qu'ils établissaient peu à peu.

Le train filait maintenant à vive allure à travers un lacis de galeries où le fracas des explosions se propageait en longues et inquiétantes vibrations.

Surgit un serpent au détour d'une galerie. Un python géant qui ouvrait une large gueule menaçante. Avant qu'il ait eu le temps de siffler son chant de mort, Mimi l'avait saisi à l'encolure. D'un coup de dents, il lui brisa la moelle épinière. Un hurlement sauvage retentit tout près d'eux, qui se perpétua en échos lugubres et de plus en plus lointains.

Quand ils ressortirent du tunnel, Sophie riait aux éclats. Le wagonnet buta au terminus du rail en gare de la compagnie minière *Big Thunder Mining*. Ils se jetèrent en bas du train. Et ce fut elle, cette fois, qui réclama sa main.

En quittant l'enceinte de l'attraction, ils traversèrent un petit attroupement. Un homme, assis sur une chaise pliante, contemplait sa main qui saignait abondamment avec dépit. Un médecin d'Euro-Disney était déjà à pied d'œuvre pour nettoyer la plaie et lui confectionner un bandage préventif.

– Nom de Dieu, grommelait-il… Si je tenais le con qui m'a mordu pendant que je remettais ce foutu python en place…

À deux pas de là, Benjamin Ratry tournait toujours à six pieds du sol sur son destrier. Plus immobile qu'un arbre pétrifié de gel.

– Tu viens, dit Sophie en entraînant Mimi Siku, je voudrais voir la maison des Sept Nains et le château de la Belle au bois dormant.

13

La péniche était amarrée en bord de Seine, presque à l'aplomb du pont de Grenelle. Un panneau en lettres de feu annonçait *École de Yoga intégral, maître Taisen Dong*, et invitait les visiteurs à se déchausser en entrant. Stéphane Marchado, passant outre, ne se déchaussa pas avant d'entrer.

Allongés sur des tatamis vert fluo, une dizaine d'hommes et de femmes, bras et jambes en l'air, expiraient bruyamment en se laissant bercer par une voix masculine aux inflexions lentes, hypnotiques.

Stéphane Marchado repéra immédiatement la crinière blonde de Charlotte d'Antilly. Elle était étendue au premier rang, juste en face de Dong, un quadragénaire au physique juvénile, glabre, les yeux en amande et la lèvre charnue. Il était vêtu d'une robe safran semblable à celles que portent les moines tibétains ou les maîtres zen, et son crâne rasé ajoutait à ce déguisement un charme indéniable. D'un regard magnétique, il dirigeait les évolutions gymniques de ses élèves, accompagnant parfois ses directives d'un geste mesuré qui montait puis retombait dans le vide avec des lenteurs reptiliennes.

De son vrai nom Sylvain Pesnel, maître Dong, fils accompli d'un ancien adjudant d'active et d'une congaï ramassée dans un bordel au lendemain de Diên Biên Phu, ne manquait pas de charisme, en effet. Volontiers porté sur les sciences occultes, il avait profité de la mode croissante des Européens pour les religions extrême-orientales. Il avait ouvert cinq ans plus tôt une école de yoga en bordure de Seine, à 12 000 francs l'abonnement annuel à raison de deux séances par semaine. Toute la clientèle chic du Paris nanti et désœuvré s'y était très vite retrouvée pour, selon la brochure explicative fournie en début d'année, *libérer les énergies intérieures et subtiles de l'être par le double éveil des sept chakras principaux et de la kundalini afin de mettre en harmonie le moi conscient et purement social avec le moi subconscient et profondément réel doué de pouvoirs supérieurs.*

Charlotte y venait très régulièrement depuis deux ans, mais Stéphane l'avait longtemps soupçonnée de céder davantage au charme de Dong qu'aux sortilèges des énergies subtiles.

En la voyant jambes en l'air à l'autre bout du tatami, il éprouva un pincement au cœur. Elle risquait de mal prendre cette visite impromptue. La crainte de tout gâcher sur un coup de tête le paralysait.

– Allez, un dernier effort, conseillait la voix de Dong… on vide son sternum et on ouvre bien ses chakras… Charlotte, plus lente l'expiration…

Des murmures s'élevèrent, s'amplifiant bientôt en vibrations sonores qui, peu à peu, se fondirent en un leitmotiv unitaire.

À l'instar des autres disciples, Charlotte se mit à répéter « OM… OM… OM ! » avec un sérieux monastique.

« Et merde ! songea Stéphane, qu'est-ce que je risque ? Foutu pour foutu, autant faire preuve d'initiative ! »

Il traversa la salle au pas de charge, n'hésitant pas à souiller les tatamis de ses mocassins poussiéreux.

Dong l'aperçut, au dernier moment, qui se précipitait sur lui comme un missile scud. Mais, à l'instant où il allait le percuter, Stéph se dérouta pour aller se planter devant Charlotte.

– Charlotte, lança-t-il d'une voix haletante, il faut qu'on parle ! Il le faut absolument, tu entends…

Tout autour de lui, les disciples de Dong, comme envoûtés, répétaient inexorablement la même antienne, « OM… OM… OM… », ignorant son intervention.

– Tu vois bien que je suis occupée, rétorqua Charlotte.

Sans agressivité malgré tout. Elle avait même plutôt l'air heureuse de le voir. Elle lui décocha un sourire amical. Mais Stéphane Marchado n'était guère décidé à transiger.

Dong s'était rapproché insensiblement. Stéphane l'entendit murmurer dans son dos :

– Qu'est-ce que ça veut dire, Stéph… Tout était prêt pour le 12… ce n'est pas nécessaire de la perturber encore plus… Tu devrais plutôt t'en aller… tu déranges le cours, tu introduis de mauvaises vibrations dans la salle.

Stéphane Marchado fit comme s'il n'avait rien entendu, ne se retourna pas. Il se contentait de fixer Charlotte avec une espèce de rage sourde, Charlotte dont les longs cheveux blonds s'éparpillaient sur le tatami, dessinant un soleil pâle autour de son visage convulsé par l'effort.

– Bon, Charlotte, ça suffit maintenant, lève-toi et sortons d'ici…

– Je ne peux pas…

– Comment ça, tu ne peux pas ?

– Je n'ai pas terminé ma séance de méditation gymnique. Si j'arrête maintenant, l'un ou l'autre de mes chakras risque de se refermer subitement, et dans quelques années, je serai mûre pour le cancer !

– Oui, à ce propos, intervint Dong à voix basse, tu as tellement déstabilisé Charlotte lors de votre dernière dispute que tous ses chakras se sont refermés d'un coup… j'ai mis des heures à les dénouer… ce n'est pas bon ça, pas bon du tout.

À bout de nerfs, Stéphane Marchado se tourna alors vers le moine au crâne tondu.

– Toi, l'escroc, te mêle pas de ça, d'accord, sinon je vais te les refermer tes chakras, moi, et ça va pas traîner. Et celui qui te les dénouera, eh ben il est pas encore né !

Dong recula d'un pas, effrayé par cet accès de violence verbale. Manqua trébucher sur le corps alangui d'une grosse femme au sourire extatique qui faisait la tortue sur le dos, gonflant et dégonflant son estomac celluliteux avec l'espoir d'atteindre le nirvana.

– Stéph, ce n'est pas bon pour toi non plus de laisser cette violence te dominer. Tu risques de perturber gravement toutes tes fonctions vitales, et de déclencher un infarctus ou une hépatite…

Cette fois, Stéphane Marchado crut qu'il allait lui balancer son poing dans la figure.

– Mais, il va la fermer sa gueule, hurla-t-il au milieu des "OM" frénétiques… Charlotte, dis-lui de fermer sa gueule ou je le transforme en caouta !

Charlotte d'Antilly se leva d'un bond, et, jetant sa serviette sur l'épaule, traversa le tatami en direction du vestiaire.

Stéphane lui emboîta le pas sous l'œil circonspect de Dong, visiblement soulagé de ce départ impromptu.

– Pourquoi es-tu venu ici ? demanda Charlotte en s'habillant à la hâte.

– Pour te parler.

– Eh bien, c'est réussi, tu es parvenu à gâcher l'ambiance du cours… Dong va m'en vouloir à mort à cause de toi.

– J'en ai rien à foutre de Dong, explosa Stéph.

Imperturbable, Charlotte enfila un jean et une chemisette à carreaux, chaussa des espadrilles.

– Alors, qu'est-ce que tu voulais me dire ?… Au fait, comment va le petit monstre ?

– C'est de Mimi que tu veux parler ?

– Et de qui d'autre ?

– Il va bien, merci. Il est chez Richard pour la journée. Mais ce n'est pas de mon fils que je suis venu te parler.

– Je n'ai pas envie de parler. Tous mes chakras sont bloqués. Je suffoque.

Elle mima une crise d'asphyxie, portant la main à sa poitrine.

– Charlotte, dit Stéphane Marchado d'une voix radoucie… Je suis venu pour parler sérieusement, pas pour entendre les conneries de Dong ni des grands discours appris par cœur dans les bouquins de cet escroc.

– Ah ! fit la jeune femme, devinant au ton de Stéph qu'il ne plaisantait pas… Je t'écoute.

Ils montèrent sur le pont. Le soir tombait, noyant Paris sous une buée rousse.

Respirant profondément, Stéphane se lança alors dans la mêlée.

– D'abord, es-tu toujours décidée à m'épouser ?

Accroupi au fond du dinghy, Mimi Siku observait la surface de l'eau qui miroitait à la lumière électrique du lampadaire de jardin. La Seine était calme et faussement limpide. Elle coulait tranquillement le long de la berge terreuse, baignant les racines du saule pleureur dont la grande ombre se projetait sur le fleuve.

Penché au-dessus de l'étendue noire, Mimi y apercevait les reflets de son visage mince que des ridules déformaient.

Au fond du dinghy, quelques gardons récalcitrants frétillaient encore. Il en avait attrapé une huitaine depuis le début de la soirée.

Une voix, derrière lui, l'interpella :

– Mimi… t'es où ?

C'était Sophie. Elle se tenait dans l'encadrement de la porte-fenêtre donnant sur le salon. Seulement vêtue d'un tee-shirt ample qui lui descendait à mi-cuisse, jambes nues. Elle croquait une pomme.

– Ici ! précisa Mimi en levant un bras.

Le temps qu'elle s'approche du ponton, il avait disparu. Elle le chercha vainement, pivotant sur elle-même dans toutes les directions.

– Ici, confirma la voix de Mimi Siku.

Elle leva les yeux. Le jeune Indien wayana était perché sur une branche de saule, les bras pendant le long du corps.

– C'est les singes qui grimpent dans les arbres, observa Sophie Montignac… Si tu crois que c'est comme ça que tu vas m'impressionner. À moins que ce ne soit comme ça que vous fassiez la cour aux femmes dans ton pays.

Mimi bondit sur une autre branche, puis se jeta dans le vide, suspendu par une main à la branche la plus basse, imitant le cri du babouin.

Sophie éclata d'un rire frais, une main posée sur sa bouche et le regarda sauter souplement à terre.

– Bravo pour la performance, lança-t-elle, on s'y croirait.

Pipi-de-Chat se mit alors à mimer la démarche simiesque du gorille, les poings au sol, ondulant des hanches et des fesses en poussant des grogne-ments caractéristiques.

Sophie céda de nouveau au fou rire et lui jeta son trognon de pomme à la figure.

– Attrape !

– C'est moi qui vais t'attraper, hurla Mimi Siku.

Sur ce, il s'élança à sa poursuite, tournant autour du saule à la façon d'un satellite mis sur orbite.

Enfin, Sophie rompit la poursuite et se mit à courir en direction de la villa. Mais, cette fois, Mimi Siku fut le plus rapide, et réussit à la pla-quer au sol avant qu'elle n'eût rejoint la porte-fenêtre ouverte sur le jardin.

Hors d'haleine, Sophie se mit à glousser. Le visage du jeune Indien n'était plus qu'à quelques centimètres du sien. Elle sentait son souffle chaud sur son cou. Elle crut qu'il allait tenter de l'embrasser. Mais il ne bougea pas, se contentant de plonger ses yeux noirs dans les siens avec une intensité à la limite du supportable.

– Tu ne m'auras pas, dit-elle.

Mimi eut une moue comique.

– Tu crois que moi vouloir chasser toi… Mais moi je crois toi vouloir chasser moi…

Une lueur amusée passa au galop dans les yeux pâles de l'adolescente, un rayonnement bref et sensuel.

– Tu ne m'auras pas, souffla-t-elle, même pas en rêve.

Un verre de champagne à la main, Stéphane Marchado, à quelques kilomètres de là, rayonnait lui aussi d'un bonheur retrouvé.

Assise en face de lui sur le pont de la péniche-restaurant qui remontait la Seine, Charlotte faisait semblant de prêter attention aux mariachis qui jouaient un « Volver Volver » langoureux. Mais la lumière qui baignait son visage trahissait la joie qu'elle ressentait de ce tête-à-tête imprévu.

En lui proposant ce dîner d'amoureux au milieu d'un Paris illuminé comme un arbre de Noël, Stéphane savait de toute façon qu'il jouait son va-tout. Charlotte ne lui pardonnerait plus aucune erreur, et c'était cette conscience de la précarité de leurs retrouvailles qui faisait de cette soirée un moment unique et précieux.

Bercée par la musique, Charlotte parut tout à coup s'abîmer dans un rêve intérieur. Et la voix qu'elle emprunta, lointaine, calme, trop calme, semblait ne pas lui appartenir.

– L'Est est silencieux, disait-elle, et l'Ouest est turbulent. Le petit sauvage vient de l'Ouest et sa turbulence est normale. La petite araignée elle aussi vient de l'Ouest et son venin est mortel, mais comment lui en vouloir d'exister, c'est une créature de Dieu elle aussi… Sauf que tous deux n'ont pas leur place en ville.

Elle avait parlé, les yeux dans le vague. Elle releva la tête pour observer ses réactions.

– Je sais, dit Stéphane, mais tout est ma faute. Pour l'araignée comme pour Mimi. Je n'ai pas eu vraiment le temps de m'occuper de lui. Et, à 7 500 kilomètres de chez lui, c'est normal qu'il soit un peu déboussolé.

Charlotte redevint tout à coup extraordinairement présente.

– Sincèrement Stéph, tu ne crois pas que cet enfant serait mieux parmi les siens… Tu ne vas pas rattraper douze années d'absence en huit jours…

– Je sais, Charlotte, je sais tout ça. Mais on pourrait peut-être parler d'autre chose. Ce soir, nous sommes tous les deux. Dans quelques jours, j'aurai reçu les papiers du divorce, et tout ira bien, je te le promets… Si on oubliait tout le reste pendant un moment ?

Le sourire de Charlotte lui parut un acquiescement suffisant. Il avança les lèvres au-dessus du magnum de champagne, ferma les yeux. Un arôme sucré l'enveloppa. La bouche de Charlotte était fraîche et tendre, exhalant un enivrant parfum de champagne. Il l'embrassa longuement, épuisant toutes les saveurs de ce baiser de réconciliation.

Lorsque la sonnerie du portable vibra au fond de sa poche, brisant l'harmonie fragile de cet instant tant attendu.

– Et merde ! grommela Stéphane Marchado… Quel est le con qui… oui, allô ?… Marie… Hein… Nom de Dieu, tu plaisantes. J'arrive tout de suite… Non, ne t'affole pas, j'arrive.

Il coupa la communication. Le visage de Charlotte s'était refermé comme un éventail.

– Encore ton petit sauvage, dit-elle en avalant une gorgée de champagne.

Stéphane, déjà, se levait, accablé de remords.

– Écoute, Charlotte, je suis désolé… Il faut que j'y aille. J'en ai pour une demi-heure, je vais demander au capitaine de me débarquer, je file chez Richard, et je reviens au plus vite.

Il déposa un dernier baiser sur ses lèvres, fugace, presque distrait. Les lèvres de Charlotte s'étaient déjà refroidies.

Charlotte le regarda s'éloigner vers l'arrière de la péniche, parlementer avec le capitaine tandis que les mariachis s'essoufflaient sur un tempo plus saccadé. Elle s'entendit alors murmurer pour elle-même :

– L'Est est silencieux, et l'Ouest est turbulent, lequel des deux l'emportera ?

Richard Montignac précéda Stéphane Marchado de quelques minutes. Ignorant qui, de lui ou de la Cherokee, l'avait ramené à bon port. Il se rangea le long du garage. Une lumière violente éclairait le salon et le couloir d'entrée. Il descendit en titubant et fit une entrée périlleuse sous l'œil furibond de Marie.

– Qu'est-ce que tu as encore fait ? interrogea-t-elle d'une voix criarde… Mais, t'es complètement soûl !

– C'est les Lettons, souffla Richard, et puis Roustan a voulu qu'on remette ça pour fêter la transaction. Je suis désolé, je crois que je suis pas tout à fait dans mon état normal.

Marie éclata en sanglots.

– Mais qu'est-ce qui nous arrive, mon Dieu ?

Richard amorça un geste de consolation, mais sa tête heurta la rampe de l'escalier, lui arrachant un cri de douleur.

Stéphane arrivait sur ses talons. Échevelé, respiration sifflante.

– Bon Dieu ! grinça-t-il, qu'est-ce que tu tiens !

– Oh, toi, c'est pas le moment !

– Alors, qu'est-ce qui se passe ? demanda Stéph en dévisageant Marie Montignac dont la physionomie, victime d'un étrange mimétisme, se rapprochait de plus en plus de celle de son saule pleureur.

Elle dut reprendre sa respiration avant de hoqueter :

– Viens voir, Stéph ! c'est affreux…

Ils traversèrent la salle à manger, puis le salon. En passant devant l'aquarium, Richard Montignac s'arrêta net.

– Qu'est-ce que… Mais où sont passés les poissons…

– C'est Mimi, accusa Marie Montignac…

– Il a becqueté mes poissons, hurla Richard, cette espèce de demeuré a becqueté mes poissons !

Il se précipita sur Stéphane.

– Tu entends, ton sauvage a becqueté mes poissons… Mais, je vais l'étriper, moi, je vais le saigner à blanc.

Stéphane se dégagea brusquement, manquant renverser Richard qui tenait à peine sur ses jambes. Le rattrapa par le col de sa veste pour lui éviter la chute.

– Oh ! on se calme… Et toi, l'ivrogne, tu me lâches les baskets… Où est Mimi ?

– Dans le jardin, dit sèchement Marie.

Elle partit en éclaireur, alluma la lumière du dehors.

– Là-bas ! fit-elle en pointant un doigt en direction du saule pleureur.

Stéphane et Richard aperçurent alors le hamac de Pipi-de-Chat qui se balançait doucement sous les branches à un mètre du sol.

Enlacés comme deux amants épuisés, Mimi Siku et Sophie Montignac dormaient du sommeil du juste.

– C'est pas croyable, disait Richard Montignac, soudain dégrisé. On élève des gosses, on se bouffe les sangs pour eux, on essaye de leur donner un minimum d'éducation, et crac, arrive un sauvage et c'est la tuile…

Assis sur une chaise, son sac sur les genoux, Mimi Siku gardait les yeux baissés, l'air d'un condamné à mort attendant sa grâce ou la confirmation de son supplice.

Sophie, elle, avait été expédiée dans sa chambre, porte fermée à double tour. Il n'y avait guère que Jonathan, les yeux bouffis de sommeil, qui semblait apprécier le comique de la situation. Il devait déjà imaginer la tête des copains au collège lorsqu'il leur annoncerait que sa sœur, à quatorze ans à peine, était tombée enceinte d'un sauvage à demi demeuré qui becquetait les poissons d'aquarium et dormait dans un hamac.

– Tu te rends compte, se lamentait Marie, il a violé ma fille… il a violé Soso… Il mériterait qu'on lui coupe tout son petit bazar.

Stéphane, partagé entre angoisse et fou rire, s'efforçait de conserver son calme. Mais il avait beau faire, quelque chose au fond de lui le dissuadait de prendre la situation trop au tragique.

– N'exagère pas, dit-il, il l'a pas violée… Ils n'ont peut-être fait que dormir ensemble.

– Dormir ! explosa Marie Montignac, de la façon dont ils se… Mais t'es aveugle ou t'es débile ?

190

– Je sais pas ce qu'il a fait à ma fille, soupira Richard, mais ce que je sais c'est qu'il a niqué tous mes poissons.

– Richard, beugla Marie, tu nous emmerdes avec tes poissons… Ta fille est peut-être enceinte, et tout ce que tu trouves à dire c'est qu'il a niqué tes poissons.

– Eh ben si Soso est enceinte, observa Stéph, Richard et moi, on sera grands-pères. Les Indiens se marient jeunes à Lipo-Lipo.

Marie crut qu'elle allait le gifler.

– On n'est pas à Lipo-Lipo… Non, mais t'es devenu complètement cinglé, Stéph !… Allez, emmène-moi ton cochon de fils, et du balai…

Mimi s'était levé et attendait le signal du départ. Stéphane le prit par l'épaule et le poussa vers le couloir faiblement éclairé par une ampoule de 60 watts.

– Viens, Mimi !

La BMW de Stéph attendait devant la grille. Mimi Siku grimpa à l'avant, tandis que la porte de la villa se refermait derrière eux dans un claque ment sec de fin du monde.

– Mon hamac ! s'écria Pipi-de-Chat.

Comme il redescendait de voiture, la porte des Montignac s'entrouvrit à nouveau. Apparut un bras féminin qui tenait un morceau de toile hâti- vement repliée.

Mimi, au bord des larmes, dut ramasser son hamac, jeté hargneusement sur le gravier. En se redressant, il leva les yeux vers la fenêtre encore éclairée de la chambre de Sophie. Elle était debout dans l'embrasure, en chemise de nuit mauve. Il répondit au petit signe de la main qu'elle lui adressait, et lui tourna le dos pour éviter qu'elle ne le vît en train de pleurer.

Picorant les kilomètres qui les séparaient de Paris, la BMW de Stéphane Marchado se traînait à petite vitesse le long de la Seine.

Depuis qu'ils avaient quitté la maison de Richard Montignac, ils ne s'étaient pas adressé la parole. Aucune hostilité entre eux. Simplement, un immense désarroi qui les confinait dans un mutisme absolu. Stéphane en avait presque oublié Charlotte qui devait s'ennuyer ferme sur sa péniche au son roucoulant des mariachis.

Au bout d'un quart d'heure, Stéph se décida enfin à rompre le silence.

– Tu as vraiment couché avec elle, Mimi ?… prononça-t-il d'une voix sourde… je veux dire, tu as fait l'amour avec Sophie ?

Pipi-de-Chat lui jeta un regard interloqué.

– Non… elle avait peur !

Stéphane Marchado sentit le poids qui l'oppressait s'envoler dans la nuit, déchiqueté par le ronronnement du moteur.

– Ah bon !… Mais alors, c'est pas grave… Il suffira de l'expliquer à Richard…

– Eux pas vouloir que je revoie Sophie, dit-il accablé de tristesse.

– Ça, évidemment, admit Stéphane... On peut pas leur demander l'impossible, mets-toi à leur place... Mais quand tu retourneras à Lipo-Lipo, tu en retrouveras plein des filles.

Mimi Siku secoua négativement la tête.

– Non !

– Pourquoi non ?

– Parce que moi penser comme toi maintenant... Aimer Sophie. Elle être ma grande image, celle qui est devant les yeux et empêche de voir les autres.

Il avait l'air formidablement grave. Stéph, gorge serrée, dut refouler la vague asphyxiante d'émotion qui montait en lui. Les amours d'adolescent – il en savait quelque chose – pouvaient blesser un homme à jamais comme elles pouvaient ne laisser que quelques traces fugitives dans les arcanes de la mémoire.

Mieux valait cependant pour lui qu'il en fût ainsi. Une fois rentré à Lipo-Lipo, Mimi se consolerait vite. Au besoin, il lui donnerait toute une batterie de casseroles avant son départ.

– Je suis désolé, Mimi, dit-il d'une voix raisonnable, mais il faut que tu oublies Sophie.

– Moi pas oublier... Toi oublier vite quand Palikou t'a quitté ?

« Et vlan ! songea Stéphane Marchado, celle-là tu l'as pas volée ! »

Il mit un temps avant de répondre avec un sourire d'excuse :

– Non, pas vraiment...

Puis, d'un ton plus fluide, baissant la voix :

– Au début, tu as toujours l'image devant les yeux, et c'est comme une fleur que tu arroses chaque jour pour l'entretenir. Puis, tu finis par comprendre que ça ne sert à rien, sinon à te faire du mal. Alors, tu laisses l'image s'éloigner de plus en plus de ta vue… Et un matin, tu te réveilles, tu vois ta vie devant toi comme sur l'écran d'un cinéma. L'image est au milieu, beaucoup plus petite, mais très belle malgré tout. Et puis un jour, peut-être, une nouvelle image arrive, tout aussi belle et elle reprend toute ta vue à nouveau.

– Oui, fit Mimi, mais petite image toujours derrière n'est-ce pas, Baboune ?…

14

– J'irai pas dans votre pension de merde ! répéta Sophie Montignac d'un air buté… J'irai pas et j'irai pas !

– Elle va aller en pension ! chantonna Jonathan en dansant autour du lit de Sophie, elle va aller en pension !

– La ferme ! ordonna Sophie.

Marie Montignac serra sa fille contre sa poitrine, la berçant comme une enfant malade, essayant d'apaiser ses craintes. L'idée d'envoyer Sophie en pension dans les Vosges était surtout une volonté de Richard. Depuis plusieurs mois, le courant ne passait plus entre eux. Sophie revendiquait une indépendance que Richard jugeait prématurée. À la maison, les querelles ne cessaient de se multiplier. Il arrivait même que Richard, la prenant en grippe, la désigne comme le bouc émissaire de toutes les erreurs commises. La prestation de Mimi Siku n'avait rien arrangé. En revanche, elle lui avait fourni le prétexte qu'il attendait.

À contrecœur, Marie Montignac s'efforça de la raisonner.

– Tu sais, Soso, ce n'est pas si terrible. C'est ton oncle Bouli qui viendra te chercher. Il te conduira demain à Villenœud. Et puis, il y aura tous tes cousins là-bas.

– J'en ai rien à foutre, déclara Sophie, péremptoire. Ils sont tous tarés dans la famille à Bouli…

– Mais non, ils ne sont pas tous tarés, protesta Marie, ton oncle est très gentil.

– Tu dis ça parce que c'est ton frère.

L'arrivée de Richard envenima la conversation.

– Qu'est-ce qu'elle nous fait encore celle-là, ça ne te suffit pas de sombrer dans la débauche avec des métèques, il faut encore que tu la ramènes ?

– J'ai simplement dit qu'ils étaient tous tarés dans la famille à Bouli.

– Et alors ?… Ça n'en fera jamais qu'une de plus.

Puis, se tournant vers Marie qui se voyait dépassée dans son rôle d'arbitre :

– Remarque, pour ce qui est de ta famille, elle a pas vraiment tort. Parce que je voudrais pas dire, mais Bouli, c'est pas le phare d'Ouessant !

Le visage de Marie Montignac se plissa de colère froide.

– En tout cas, tu peux dire ce que tu veux, mais tu seras bien content qu'il s'occupe de ta fille puisque tu ne veux plus la voir…

– Tu parles, tout ça, c'est pas gratuit, ça va même encore me coûter la peau des fesses.

Indignée, Marie Montignac ne trouva cette fois rien à répondre, et, retenant ses larmes, se jeta dans l'escalier. Ils l'entendirent quelques secondes plus tard qui farfouillait en bas dans l'armoire à pharmacie. Probablement à la recherche de Lexomil.

– Et toi, tu vas me faire le plaisir de préparer tes affaires, ordonna Richard Montignac avant de disparaître à son tour.

– Elle va aller en pension ! reprit Jonathan… elle va aller en pension !

Sophie lui balança son oreiller à la figure et fit le geste de se lever pour lui flanquer une correction, mais Jonathan avait déjà pris la poudre d'escampette. Elle ferma la porte à clé derrière lui. Elle avait envie d'être seule.

Et tout ça pour cette malheureuse soirée où elle s'était endormie avec Mimi dans son hamac ! Qu'avaient-ils bien pu s'imaginer ? Mimi Siku avait bien essayé de la caresser un peu au début, mais elle ne lui avait concédé qu'un baiser rapide et ils s'étaient endormis paisiblement, serrés l'un contre l'autre. Si dormir ensemble était un crime, alors les adultes vivaient dans un péché permanent. Mais les adultes ne voulaient jamais rien savoir. Richard lui-même s'était montré beaucoup plus égoïstement préoccupé par le sort de ses poissons exotiques que par l'avenir de sa propre fille. En l'envoyant à des centaines de kilomètres de Paris, il se délivrait d'un fardeau, rien de plus.

Déprimée, elle enfouit son visage dans l'oreiller et ne chercha pas à endiguer les larmes qui roulaient sur ses joues. Elle éprouva même un relatif soulagement à pleurer comme une petite fille désemparée.

De toute façon, il ne lui restait plus qu'à accepter son sort. Jamais Richard ne transigerait. Pas plus qu'il ne lui permettrait de revoir une dernière fois Mimi Siku avant son départ.

L'image du jeune Indien wayana s'imposa à nouveau à son esprit. Elle avait rêvé de lui une bonne partie de la nuit. Ils s'envolaient ensemble pour la grande forêt vierge dont il lui avait parlé la veille au soir dans l'intimité du hamac, sous les grandes larmes du saule pleureur. Ils y vivraient libres et nus comme au paradis terrestre. Avec pour unique préoccupation d'assurer leur subsistance et de passer toutes leurs nuits dans le hamac en se laissant bercer par les cris des singes hurleurs... Le rêve enfin réalisé.

À bout de nerfs, elle s'endormit avec cet espoir fou. Au moins possédait-elle encore cette liberté de rêver sans que personne ne cherche à contrôler le déroulement de ses pensées.

Stéphane Marchado faillit tomber lourdement du hamac en entendant la sonnerie du téléphone. Mimi Siku grogna et se tourna sur le côté, habitué à préserver son équilibre même en dormant.

Ils avaient passé la nuit ensemble sur la terrasse. Stéph se leva sans bruit, et courut jusqu'au téléphone qui grésillait près du poste de télévision.

C'était Richard Montignac, apparemment revenu à de meilleurs sentiments.

– Tu dormais ? s'enquit-il.

– Oui, pourquoi ?

– Parce que tu vas te magner de t'habiller et rappliquer tout de suite. On déjeune avec les Lettons rue de la Bourse du commerce. Et si tu veux mon avis, on a intérêt à se rendre à l'invitation. Joanovici avait l'air paniqué tout à l'heure au téléphone. Pour le reste, on en reparlera plus tard…

– Rassure-toi, dit Stéph, c'était pas aussi grave que l'on croyait. Il faudra que tu attendes pour être grand-père.

– Mais qu'est-ce que tu me racontes, je te parle de Kouchoukané moi… Et si on le fait attendre, j'ai bien peur qu'on n'ait jamais l'occasion d'être grand-père, ni toi ni moi. Allez, tchao, je te retrouve sur place. Ce midi, cuisine lettonne !

Il raccrocha d'une voix furieuse.

Mimi Siku s'était levé et écarquillait des yeux encore englués par le sommeil.

– Qu'est-ce qui se passe, Baboune ?

– C'était Richard, il faut que je déjeune avec lui et les types qui doivent nous acheter le soja. Je vais devoir te laisser seul encore une fois, Mimi…

Mais il faut que tu me donnes ta parole, cette fois, que tu resteras tranquillement ici à m'attendre... D'ailleurs, Charlotte pourrait revenir d'un instant à l'autre. J'ai essayé de la joindre hier chez sa mère, mais elle n'était pas encore rentrée. Je l'ai laissée seule sur la péniche hier soir à cause de toi, elle doit m'en vouloir à mort...

– Toujours à cause de moi, s'attrista Mimi Siku.

Stéphane Marchado n'eut aucune envie de polémiquer.

– Attends-moi ! dit Stéph, c'est tout ce que je te demande. Tu crois que tu pourras ?

– Promis, Baboune !

Promis ? Il lui avait tellement fait de promesses non tenues.

Mais, depuis le début, avait-il seulement eu le choix ?

Stéphane Marchado gara la BMW devant la Bourse du commerce, rue de Viarmes, et descendit alimenter le parcmètre en petite monnaie. Richard Montignac l'attendait à son retour, appuyé nonchalamment contre l'aile bleu métallisé.

– Alors qu'est-ce qui se passe ? demanda Stéphane sur fond de klaxons déchaînés.

– Mais rien, mon vieux, le rassura Montignac, on ne peut quand même pas refuser de déjeuner avec des types qui te refilent 800 000 dollars en liquide.

Un embouteillage monstrueux bloquait à présent la circulation, ceinturant la Bourse d'une double file de voitures crachotant leurs gaz d'échappement dans la moiteur de l'été.

– T'avais pourtant pas l'air dans ton assiette tout à l'heure au téléphone.

– Oublie ça, tu veux, et allons-y !

Stéph réalisa soudain sa bévue. Il rattrapa Richard par l'épaule, d'une main ferme.

– Attends deux secondes, tu viens bien de parler de 800 000 dollars ?

– Ben oui.

– Tu ne veux quand même pas me dire que t'as vendu ?

– Ben si, et heureusement qu'on a vendu parce que je sais pas si tu as eu la curiosité de jeter un coup d'œil aux cours de ce matin, mais le soja c'est Tchernobyl et le Rwanda réunis.

– Comment ça, on a vendu, j'ai rien signé moi…

– J'ai signé, dit Richard d'une voix embarrassée, on a signé, ils ont payé, c'est vendu quoi… L'argent est déjà chez Roustan, si tu veux tout savoir.

Stéphane avait du mal à réaliser ce qu'il venait d'entendre. Debout près de la BMW, comme figé au garde-à-vous, il demanda encore :

– Tu veux dire que t'as imité ma signature ?

– J'ai signé, répéta Richard. Et j'ai signé parce que t'as paniqué et qu'il fallait bien aller jusqu'au bout de la transaction, sans quoi on buvait la tasse. Et quand je parle de tasse, je devrais plutôt dire soupière ou piscine olympique.

– C'est pas croyable, murmura Stéph, mais tu te rends compte de ce que tu dis ?...

Puis, haussant subitement la voix jusqu'à gripper ses cordes vocales :

– Mais ça va pas se passer comme ça, je vais te coller un procès au cul moi, je vais te le faire cracher ton contrat, tu vas tout rembourser, tu liquideras ta maison, ta voiture, tes actions, ta femme s'il le faut...

– Pour la femme, ça peut se discuter, le rembarra Richard Montignac avec un sérieux hollywoodien.

Désarmée, la violence de Stéphane retomba dans un gouffre. Frappé par un mutisme soudain, il grimpa dans la BMW, mit le moteur en marche.

– Tu vas quand même pas te tirer maintenant, l'apostropha Richard.

Il tapota des doigts au carreau, côté chauffeur.

– Stéph, tu peux pas me faire ça...

Pas de réponse.

Ou plutôt si. Le moteur eut un hoquet, s'étouffa pour de bon. Fausse sortie. Stéphane Marchado descendit en claquant la portière.

– T'as raison, dit-il, je vais pas te faire ça, je veux voir jusqu'où va l'étendue de ta connerie...

Le cœur barbouillé, Sophie Montignac s'éveilla en sursaut. Des éclats de voix en provenance du jardin montaient jusqu'à elle. Marie et Jonathan devaient batailler ferme. Une gifle claqua au loin, suivie de vagissements.

Elle avait dormi d'un sommeil sans rêve, mais ce repos imprévu lui avait rendu toute sa lucidité. Elle n'avait plus besoin de tourner et retourner le problème dans sa tête, sa décision était prise.

Elle imagina une dernière fois ce que serait sa vie à Villenœud. Comment pouvait-on déjà vivre dans un bled qui portait le nom de Villenœud ? Au moins, les consonances de Lipo-Lipo éveillaient-elles en elle un sentiment de curiosité. Tandis que Villenœud…

Et puis l'oncle Bouli, les cousins Christian, Xavier et François, tous plus ploucs les uns que les autres, seulement préoccupés de leurs interminables parties de baby-foot au café du Commerce, et des battues de sangliers à l'ouverture de la chasse. Sans compter la mollassonne tante Géraldine, et l'hystéro-mondaine Sophie-Charlotte qui passait son temps à s'observer dans la glace pour surveiller l'apparition de la moindre trace d'acné.

Elle se demanda d'ailleurs si sa haine de son propre prénom ne provenait pas de l'identification qu'elle ne pouvait s'empêcher de commettre avec sa cousine. Sophie-Charlotte était l'exemple même de la pécore que les garçons n'auraient pas souhaitée à leur pire ennemi.

Non, sa décision était prise. Plutôt l'errance que la sécurité d'un foyer sans âme. Plutôt la liberté avec Mimi que la prison en famille.

Elle descendit avec précaution au salon. Marie et Jonathan se réconciliaient maintenant avec tendresse au pied du saule pleureur. Elle connaissait le numéro de Stéph par cœur. Elle le composa sur le cadran digital.

La sonnerie vibra longtemps avant que quelqu'un ne décroche sans répondre.

– Mimi ?… Mimi ?

La voix du jeune Indien jaillit enfin dans le combiné, libératrice.

– Sophie ! hurla-t-il… Sophie !

– Mimi, dit-elle d'une voix précipitée, ils veulent me mettre en pension, on ne pourra plus se voir, je pars demain matin, je ne veux pas, tu entends, je ne veux pas y aller…

Elle sanglotait. Elle avait mal par toutes les fibres de son être. La distance qui la séparait de Pipi-de-Chat lui était tout à coup insupportable.

– Sophie, qu'est-ce que tu as ? demanda Pipi-de-Chat.

Survenant sans bruit dans son dos, Marie Montignac arracha alors brusquement le téléphone des mains de sa fille.

– À qui tu téléphonais, hein ? glapit-elle.

– À personne !

– Alors, qui c'est celui qui hurle dans le téléphone… Qui c'est ? Dis-le-moi ou je te flanque une rouste… C'est encore le sauvage…

Avant que sa mère ne sombrât dans l'hystérie, Sophie eut le temps d'entendre une dernière fois la voix de Mimi Siku qui s'égosillait dans le combiné, sauvage et désespérée.

Puis plus rien. Marie avait raccroché d'un coup sec, brisant son bonheur dans l'œuf.

15

Mimi Siku cessa de hurler dans le téléphone. À l'autre bout de la ligne, on avait raccroché, et il n'entendait plus maintenant qu'une sonnerie répétitive et exaspérante.

Durant une minute ou deux, il demeura comme pétrifié. Il ne savait pas exactement ce que signifiait le mot « pension », mais c'était de toute évidence un lieu où Sophie ne souhaitait pas aller, où elle serait certainement malheureuse. Et prisonnière.

Son appel au secours résonnait encore dans sa tête. Elle était en danger. Il ne la reverrait plus jamais. Or, ses cris avaient été tellement déchirants qu'il ne doutait plus maintenant qu'elle eût envie de le revoir, d'être auprès de lui. Pour toujours. C'était donc ça la grande image dont parlait Baboune. Quelque chose qui vous aveuglait et vous remplissait de bonheur tout à la fois, qui vous torturait et vous faisait voyager plus loin que les étoiles.

C'était si vertigineux comme sensation qu'il se demanda comment il avait pu l'ignorer si longtemps. À Lipo-Lipo, tout était facile. Il lui suffisait d'être gentil et de demander. Il y avait toujours une fille assez docile pour partager son hamac ou l'accueillir dans son carbet. Alors que Sophie, il lui avait fallu l'apprivoiser, comme un petit animal sauvage qui se laisserait lentement approcher, étudier, nourrir même, et finirait au bout d'un moment, à force de patience et d'affection, par vous accorder sa confiance.

À présent, Sophie avait confiance en lui, et il n'était pas question de la décevoir. Puisqu'on lui voulait du mal, il la protégerait par tous les moyens. Un guerrier wayana protégeait toujours sa famille, c'était même le premier enseignement qu'il avait reçu de grand-père Mouloukou.

Il fonça dans sa chambre et rafla son petit sac de toile au passage. Ôta son jean et son tee-shirt. Puis, entièrement nu, il se recouvrit le corps de roukou avant d'ajuster son cachimbé.

Redevenu lui-même, il se sentit prêt ainsi à marcher sur le sentier de la guerre. Car, c'était bien une guerre qu'il s'agissait de livrer. Contre tous ceux qui voulaient s'interposer entre lui et son bonheur, entre lui et Sophie.

Il jeta un coup d'œil sur la terrasse. De petits nuages semblables à des ballots de neige sale couraient sur un ciel d'un bleu dur. Il se repéra dans l'espace au soleil qui blanchissait le toit. Il était midi passé, mais ce soleil aveuglant qui flambait là-bas, transformant la tour Eiffel en une immense perche de métal en fusion, n'avait pas encore atteint son zénith. Mimi Siku disposait encore d'un peu de temps pour rejoindre la maison des Montignac, à l'ouest de la ville. Pour cela, il lui faudrait longer le fleuve, ou mieux, le descendre par des moyens de fortune.

Tant pis pour la promesse faite à Baboune. Après tout, c'était lui qui, le premier, avait parlé de la grande image…

Il prit son arc et son carquois rempli de flèches à lames de bambou, redessina les marques rituelles qui, d'ordinaire, paraient son front, s'enduisit de roucou jusque sous les yeux, harnacha son sac de toile et se jeta dans les escaliers.

Lorsque madame Godet tomba nez à nez avec lui au bas de l'escalier, la seule vue d'un Indien couleur de rouille au visage peint la fit frémir d'horreur. Elle le regarda passer, bouche bée. Puis, revenue de sa surprise, elle pénétra en catastrophe chez le concierge, poussant des hurlements hystériques.

– Au secours !… Monsieur Maréchal… un Indien… un… j'en ai vu un cette fois.

Albert Maréchal, qui mijotait dans sa cuisine un veau Marengo façon Premier consul, fut obligé d'abandonner quelques instants sur le feu la cocotte-minute où blondissaient les oignons.

– Que se passe-t-il encore, madame Godet ?

La petite boulotte du sixième, hors d'haleine, répéta en balbutiant :

– Un Indien… je vous jure que j'en ai vu un… avec un arc et des flèches… c'est lui qui a dû tuer mon Loulou.

Elle avait l'air aussi excitée que la première fois où elle l'avait contraint à monter jusque chez elle pour constater l'assassinat de son volatile.

– Loulou ? s'étonna Maréchal en titillant sa moustache.

– C'était le nom de mon pigeon... et de mon défunt mari, expliqua Lucienne Godet.

Albert Maréchal ne put s'empêcher de trouver à ce rapprochement une saveur particulière.

– Allons, madame Godet, dit-il d'une voix apaisante, voulez-vous prendre un petit verre... J'ai une excellente liqueur de genièvre que m'envoie régulièrement ma sœur au Jour de l'an. Je n'en bois pratiquement jamais.

Il lui servit la valeur d'un dé à coudre d'alcool.

– Buvez ! conseilla-t-il, ça vous fera le plus grand bien...

Elle but d'un trait, puis resta un long moment pensive, les yeux dans le vague. Assez longuement en tout cas pour qu'Albert Maréchal doutât de son état mental.

– Dites, monsieur Maréchal, demanda enfin madame Godet, vous croyez qu'ils sont nombreux ?

– Qui ça ?

– Ben, les Indiens pardi !

Plus encore que l'hôtel de la rue Houdon, le restaurant letton sis rue Berger au fond d'une cour, frisait le seuil du sordide. Banquettes usagées, décor russe particulièrement glacial, nappes à la blancheur incertaine, traces de doigts sur les couverts, odeurs de cuisine en suspension, air gras et lourd, on se serait cru dans la salle à manger d'un kolkhoze aux plus belles heures du stalinisme.

La salle était vide, à l'exception d'un vieil homme affligé d'un pied-bot qui faisait le service.

Pavel Kouchnoukatzé avait pourtant l'air de se réjouir d'être là plutôt que de déjeuner chez Lasserre ou au George-V.

Constantin Joanovici, en revanche, grignotait en silence du bout des lèvres, visiblement incommodé par la chaleur et les odeurs de graillon.

– Vous ne mangez pas, monsieur Joanovici ? interrogea Stéphane.

– Non, je ne suis pas très en forme aujourd'hui, veuillez m'excuser.

– Vous avez tort, intervint Richard qui s'empiffrait d'un ragoût étrange où surnageaient dans une sauce brune épaisse deux ou trois pommes de terre à peine cuites. Si je puis me permettre, la cuisine lettonne... m'étonne !

Il fut le seul à rire de sa plaisanterie.

Le visage de Joanovici se tétanisa tandis que Pavel Kouchnoukatzé entamait une longue litanie en letton. Joanovici, avec l'aide de Sonia, s'attela à la dure tâche de traducteur.

– D'abord, dit-il, il faut que vous sachiez que monsieur Kouchnoukatzé est ravi de la manière dont s'est déroulée la transaction. D'ailleurs, monsieur Kouchnoukatzé adore faire de bonnes affaires avec les Occidentaux.

Un gros rire souligna les propos de l'avocat, qui poursuivit, traduisant toujours le discours-fleuve du Letton :

– Un jour, monsieur Kouchnoukatzé achète à un ami de longue date un porc magnifique. L'ami lui jure qu'il fait une excellente affaire. Mais, comme par hasard, le soir même le porc tombe malade. Il faut appeler le vétérinaire et faire piquer l'animal. Monsieur Kouchnoukatzé réclame alors à son ami le remboursement de la transaction, mais l'autre refuse. Monsieur Kouchnoukatzé, très contrarié, a alors fait couper tous les doigts de la main gauche de son ami de longue date qui dut le rembourser de la main droite.

Un malaise grandissant s'installait. Richard et Stéph échangèrent un regard effaré sous l'œil mi-clos du Letton.

– Monsieur Kouchnoukatzé, voyez-vous, poursuivit maître Joanovici, a la très désagréable impression que vous vous êtes conduits comme son vieil ami dans cette histoire...

Richard Montignac protesta vigoureusement.

– Ah non !... Mais alors là, franchement non ! Ça n'a rien à voir, hein, Stéph ?

– Suffit, dit Pavel Kouchnoukatzé en frappant du poing sur la table.

– Tiens, vous parlez français !... risqua Montignac.

Stéph lui jeta un regard implorant. « Mais il va la fermer, songea-t-il en lui-même... il va la fermer ! »

– Vous ! gronda le Letton en les désignant du doigt... Vous essayez d'enculasser nous...

– Non, intervint Stéphane Marchado, je crois qu'il y a une méprise là, monsieur Kouchouraté.

Joanovici, visage de marbre, fit glisser sur la table l'exemplaire du jour du *Figaro économie*. Un titre s'y étalait à la une en grosses lettres : « Soja, le jeudi noir ! »

– Ils lisent eux aussi, commenta l'avocat d'une voix fielleuse.

– Et maintenant vous faire quoi ? demanda Sonia Kouchnoukatzé de sa voix rauque aux inflexions si chaleureuses.

– Euh, nous rembourser vous, dit Richard, pour vous pas avoir l'impression que nous essayer d'enculasser… vous !

Pavel Kouchnoukatzé hocha gravement sa grosse tête d'apoplectique.

– Très bien compris, dit-il… Sinon…

Il fit le geste de se sectionner les phalanges avec un couteau.

– Non, mais attendez là, protesta Stéphane Marchado d'une voix blanche, on n'est pas au Far West… Ici, on est en France. Il y a des lois, et ces lois-là disent qu'un contrat est un contrat, pas un simple chiffon de papier qu'on peut jeter comme un Kleenex en coupant les doigts des gens comme des rondelles de surimi !

Stéphane croisa alors le regard terrifié de Constantin Joanovici tandis que l'homme au pied-bot revenait pour desservir.

– Hélas, je crois bien monsieur Marchado que nos amis ne plaisantent pas… Je dirais même que j'en suis sûr.

Joignant le geste à la parole, Joanovici souleva alors sa main gauche qu'il tenait jusque-là dissimulée sous la nappe. Elle était enveloppée de bandages. Avec précaution, il les desserra jusqu'à apparition de l'extrémité de ses doigts. Il manquait deux phalanges à l'index et au médius.

– À moi, dit-il, ils ne m'en ont coupé que deux, pour le moment…

Et il répéta d'une voix sourde :

– Pour le moment seulement…

– Vous avez vingt-quatre heures, conclut Pavel Kouchnoukatzé. Nous joindre vous ce soir…

– Ils savent aussi où vous habitez, rassura maître Joanovici.

– Des cinglés !… Je le savais, pestait Stéphane Marchado… J'aurais jamais dû te suivre sur ce coup-là, je le sentais pas.

– Tu le sentais pas, tu le sentais pas… Il fallait le dire plus tôt, maintenant on n'a plus qu'à se tirer de cette embrouille au plus vite.

Ils marchaient côte à côte dans la rue de Viarmes. La circulation, en ce milieu d'après-midi, était redevenue plus fluide. Une sirène de pompier lança au loin un appel déchirant.

– Il faut payer, conclut Stéph… Tu vas m'emmener avec toi chez Roustan, on va récupérer le fric et on va leur rendre séance tenante.

Ils grimpèrent dans la Cherokee. Richard Montignac suait sang et eau, et la transpiration laissait de larges auréoles de la taille d'une soucoupe à café sur sa chemisette. Le cuir des sièges devenait brûlant à travers les vitres.

Une demi-heure plus tard, ils étaient dans le bureau de Roustan.

– Avec tout le soja que vous rachetez, dit celui-ci en leur remettant la mallette, vous allez pouvoir ouvrir une chaîne de restaurants chinois.

Stéphane ne goûta que très modérément la plaisanterie.

– Au prix où vous reprenez nos parts de la société, dit-il, vous pourriez au moins nous épargner vos blagues à la con !

Discussion close.

Ils repartirent avec la mallette de 800 000 dollars sous l'œil interloqué de la nouvelle secrétaire, une rouquine pulpeuse à lunettes dont le parfum capiteux embaumait jusque dans les toilettes – Roustan en changeait tous les trois mois, question de standing !

Et retrouvèrent la Cherokee au bas de l'immeuble, avec deux contredanses glissées sous l'essuie-glace.

– Chiotte ! brailla Richard.

Aussitôt installé, Stéphane Marchado téléphona à son domicile. Occupé. Il réitéra son appel un peu plus tard, tandis que Richard contournait la Maison de la Radio. Toujours occupé.

– Bon Dieu ! qu'est-ce qui se passe encore ?… Je lui avais pourtant bien dit de ne pas faire de conneries.

– Il est peut-être sous la douche ou en train de roupiller dans son hamac, suggéra Richard.

– Mais non, ça sonne tout le temps occupé. Il faut absolument que je passe chez moi pour voir… Tu gardes la mallette, tu me ramènes à la voiture, et je te retrouve chez toi.

– Stéph, soupira Richard Montignac, je suis vraiment désolé, mais on verra ça plus tard… On file à la maison, et je te ramènerai après. Mais si jamais les russkof appellent et qu'on n'est pas là, on va être mal, très mal…

De toute façon, songea Stéphane Marchado, ça ne changerait pas grand-chose, ils étaient déjà mal…

Très mal…

Mimi Siku allongea sa foulée sous l'averse de soleil qui noyait Paris. Il ruisselait sous l'épaisse couche de roucou dont il s'était badigeonné. Suffocant, il dut bientôt ralentir sa course, et même s'arrêter près des sablières qui s'étalaient en bordure de Seine, non loin du quai de Javel.

Cela faisait déjà une bonne heure qu'il longeait le fleuve dans l'espoir de trouver un moyen de gagner Neuilly par la Seine. Mais ici, les pirogues étaient plus rares qu'à Lipo-Lipo, et il commençait à désespérer. Il n'arriverait jamais à temps pour empêcher Sophie d'aller en pension.

La seule pensée de ne plus la revoir un jour suffit cependant à lui redonner courage, et, galvanisé, il repartit en direction de Boulogne.

Il dut courir encore un long quart d'heure, exténué, avant d'apercevoir au loin la première pirogue ou ce qui lui sembla être une pirogue. Elle naviguait paisiblement au milieu du fleuve.

Mimi, émerveillé, l'observa un court instant. Fermée, pontée, avec un seul homme à bord, glissé dans une espèce de trou, et une pagaie à deux embouts. Mais ce fut lorsqu'il aperçut le reste de la flottille qu'il reprit vraiment espoir. Il allait peut-être pouvoir enfin rejoindre Sophie avant la tombée de la nuit.

Il quitta les sablières, et se mit à courir parallèlement aux canoës qui filaient vers l'embarcadère du club nautique, à quelques centaines de mètres de là.

Dans quelques minutes, si tout allait bien, il naviguerait lui aussi sur le fleuve.

À la rencontre de Sophie qui devait l'attendre, l'espérer du moins. Comme le Messie.

L'accueil de Marie Montignac fut plutôt glacial. Visiblement, elle n'avait toujours pas digéré l'affaire du hamac et en voulait terriblement à Stéph de n'avoir pas considéré l'incident à l'égal d'un drame national.

Celui-ci jugea préférable de ne pas la heurter de front. Tandis que Richard farfouillait dans la cuisine, il rappela son domicile.

– Alors ? dit Richard Montignac en revenant avec une bouteille de whisky.

– Toujours occupé, soupira Stéphane Marchado… Je ne comprends pas. Quelqu'un a dû mal raccrocher…

Marie Montignac avait disparu à l'étage, et les premiers échos d'une altercation leur parvinrent au bout de quelques secondes seulement. Sophie et elle s'affrontaient dans une alternance de cris brefs et de longues et théâtrales déclamations. Une gifle claqua, suivie de pleurs à peine audibles. Porte brutalement refermée, cavalcade dans les escaliers.

Richard haussa les épaules.

– Tu vois, dit-il en se servant une confortable rasade de whisky, je crois que j'ai vraiment raison de la coller en pension, même sa mère ne la supporte plus.

Marie Montignac réapparut dans sa robe à bretelles bleu sombre à petits pois blancs. Le sang dessinait deux taches de la grosseur d'une cerise sur ses pommettes. Elle alla s'effondrer dans un fauteuil près de la télévision, croisa les bras sur sa poitrine d'un air franchement boudeur. Sa robe n'était plus qu'un chiffon autour de ses reins. Il manquait même un bouton, arraché sans doute lors de l'altercation. Stéphane en déduisit qu'elle s'était battue avec Sophie.

Elle fit aveu d'impuissance.

– Je n'en peux plus, dit-elle dans un hoquet… Richard, dis-lui quelque chose, toi. Fais ce que tu veux, mais moi je ne sais plus par quel bout la prendre, je renonce…

Richard Montignac reposa violemment son verre de J and B et décocha un sourire flegmatique à sa femme.

– Écoute, mon amour, on a autre chose à penser en ce moment. Au cas où tu ne le saurais pas encore, on a fourgué 1 500 tonnes de soja à des types qui ont bien l'intention qu'on les leur rembourse, sinon ils nous coupent tout le bazar… Alors, tes petits soucis domestiques !…

Marie Montignac n'insista pas.

– Je vais préparer le dîner pour ce soir, dit-elle en se levant… je vous laisse.

Les deux heures qui suivirent furent sans doute les plus silencieuses qui se fussent écoulées chez Richard Montignac depuis plusieurs jours. Assis l'un en face de l'autre, l'un sirotant son whisky J and B, l'autre un Coca-Cola, Richard Montignac et Stéphane Marchado ne dirent pas un mot de toute la fin d'après-midi.

Deux fois, le téléphone sonna, mais ce n'était que l'oncle Bouli qui se renseignait pour savoir à quelle heure il devait passer prendre Sophie ; la deuxième fois, un copain de Jonathan avec lequel il devait faire une enquête sur les chômeurs de Neuilly…

À bout de nerfs, Stéph finit par s'arracher à son fauteuil. Il se demandait plus que jamais où pouvait bien être passé Mimi Siku.

– J'en ai marre, dit-il, je fais un aller-retour pour voir ce qui se passe… Je prends la Cherokee… Si jamais ils appellent, tu me téléphones dans la voiture.

– OK !

Sophie, au même moment, traversa le salon en coup de vent, les yeux rouges, la bouche dure, close sur sa souffrance.

– Tu pourrais dire bonjour à Stéph ? l'interpella Richard.

Pas de réponse.

Richard lui saisit le poignet au vol.

– Tu as entendu ce que j'ai dit ?

– Touche-moi, hurla Sophie, et j'appelle *Enfance et partage*, y a un numéro vert !

Richard lui lâcha aussitôt le poignet, éberlué.

– Laisse tomber, dit Stéph tandis que l'adolescente regagnait sa chambre.

Richard Montignac l'accompagna jusqu'à la voiture. Le soir tombait, et avec lui une brume mauve pâle qui étendait sur la terre un voile doux et apaisant, semblable à un baume sur une brûlure. La température était déjà plus supportable.

– J'y vais et je reviens, répéta Stéphane en s'installant au volant.

– Tu te défiles pas, s'inquiéta Richard, tu me laisses pas tomber, hein ?... On est tous les deux dans la merde, alors tu restes avec moi tant qu'on n'a pas rendu l'argent, OK ?...

– Richard ?

– Oui ?

– Tu sais quoi ?... T'es vraiment le roi des emmerdeurs...

Richard encaissa sans broncher, serra les poings tandis que rugissaient les cent trente chevaux de la Cherokee.

– À table ! beugla Marie Montignac du fond de sa cuisine.

Il y eut un bruit de casseroles et de verre brisé. Puis, comme il ne se pressait pas, la voix aigrelette de Marie Montignac renouvela son appel :

– À table !… Ça va refroidir…

– Ah c'est pas vrai ! grommela Richard Montignac entre ses dents, on va se faire bouffer les doigts et elle nous demande de passer à table, mais qu'est-ce qu'elle est con !

16

En entrant dans l'immeuble de l'avenue Élisée-Reclus, Stéphane Marchado devina immédiatement qu'il se passait quelque chose d'anormal. La loge du concierge, monsieur Maréchal, était grande ouverte, et des éclats de voix s'en échappaient en même temps qu'une alléchante odeur de viande en sauce. Stéphane, doué d'un odorat ultrasensible, paria sur un veau Marengo, à cause des parfums de tomate.

Il s'approcha pour surprendre quelques bribes de conversation. Reconnut la voix de madame Godet, sa voisine de palier qui s'épuisait en explications obtuses.

– Mais si, docteur, disait-elle, je vous le jure… Un Indien, très jeune, avec un arc et des flèches… Comme on en voit des fois à la télé dans les émissions de Nicolas Hulot… Monsieur Maréchal non plus ne veut pas me croire…

– Mais si, madame Godet, fit la voix du concierge, je veux bien vous croire, mais avouez que…

– Il a tué mon pigeon, comme ça… Pffuiit ! D'une seule flèche. Mon pauvre Loulou…

Elle reniflait bruyamment, désespérée qu'on ne prît pas sa bonne foi en considération. Stéphane eut du mal à contenir un fou rire. Mimi était sûrement passé par là.

– Je vais vous faire une piqûre, madame Godet, dit une troisième voix – probablement celle du médecin.

– Mais je ne suis pas malade, protesta Lucienne Godet, je vais parfaitement bien… Vous n'avez qu'à attendre un peu, il est sorti tout à l'heure avec tout son attirail, mais c'est sûr, il va revenir…

Stéph en avait assez entendu. L'ascenseur étant indisponible, il grimpa six étages à une vitesse de sprinter. Fouilla l'appartement de fond en comble. Ni Charlotte ni Pipi-de-Chat n'étaient là. Le combiné du téléphone pendait tristement contre le canapé. Mimi avait emporté le sac de toile qui ne le quittait jamais, son arc et ses flèches. Il s'était même déshabillé entièrement. Son jean et son tee-shirt traînaient sur le lit, avec au pied de la table de nuit la paire de baskets neuves.

Stéphane Marchado raccrocha le téléphone, et appela aussitôt Charlotte chez sa mère. Elle s'était absentée. Elle suivait un séminaire de trois jours chez Dong. Il eut du mal à se débarrasser de madame d'Antilly dont la verve n'avait d'égale que la sottise. Appela Richard juste après avoir coupé la communication.

– C'est Stéph… Mimi n'est pas chez toi par hasard ?… Il n'a pas téléphoné non plus… Non, le téléphone était décroché… tu devrais voir si Soso et lui ne se sont pas parlé récemment… Il a disparu.

Les Lettons, eux non plus, n'avaient pas appelé. Stéph éloigna un instant le combiné de son tympan. La voix de Richard Montignac était presque couverte par les piaillements de Marie en arrière-plan. Elle devait piquer une nouvelle crise de nerfs. Il raccrocha en promettant d'être à Neuilly en moins d'une heure.

Madame Godet pouvait être tranquille. Elle ne reverrait sûrement pas son Indien avant un bon moment.

Allongée sur son lit, Sophie Montignac triait quelques papiers sans importance. Elle ne voulait rien laisser derrière elle lorsque le lendemain matin elle partirait avec l'oncle Bouli pour Villenœud. Au milieu de vieilles cartes postales, elle découvrit une lettre décachetée. Elle la relut à voix basse. C'était une lettre de Benjamin Ratry où il lui exprimait de tendres sentiments avec une maladresse presque touchante.

Pourtant, les mots qu'elle avait tant de fois lus et relus avant de s'endormir le soir aujourd'hui ne la touchaient plus. Benjamin appartenait au passé. À présent, elle avait la tête qui bourdonnait du nom de Mimi Siku, de la voix de Mimi Siku, du sourire de Mimi Siku.

Mimi… Mimi… comme un leitmotiv. Elle jeta la lettre de Benjamin dans sa poubelle de bureau, se moquant bien qu'on la lise après elle. Rien n'avait plus d'importance. Elle poursuivit son tri postal.

Et c'est alors qu'elle entendit le tapotement contre le carreau.

Elle leva les yeux et poussa un cri de terreur.

Deux yeux jaunes phosphorescents la contemplaient à travers la fenêtre, semblant jaillir de la nuit. Elle songea à un film d'épouvante entrevu récemment sur M6. Sauf que là, les yeux ne clignotaient pas. Puis, dominant sa peur, elle s'approcha.

Le tapotement se renouvela. Suivi d'une voix sourde qui scandait :

– Sophie !… Sophie !…

Elle faillit fondre en larmes.

– Mimi !…

Elle lui fit signe d'attendre un instant, alla fermer la porte et revint ensuite lui ouvrir la fenêtre.

Mimi, tel un chat de Lipo-Lipo, sauta souplement sur la moquette.

– N'aie pas peur, Sophie, dit-il… Yeux jaunes à cause du piripiri, voir comme ça la nuit !

Ils se serrèrent l'un contre l'autre, osèrent un baiser pudique sur les lèvres. Sophie, entre ses bras, tremblait comme une feuille de saule.

Elle s'écarta, rayonnante de bonheur :

– Mais comment es-tu arrivé jusque-là ? demanda-t-elle.

Mimi Siku pointa un index vers la poitrine de l'adolescente.

– Moi marcher longtemps, puis prendre pirogue et suivre mon cœur sur la rivière.

Cette fois, ce fut elle qui s'offrit dans un enlacement prolongé. Et lui qui mit fin à cet avant-goût du bonheur.

– Pas perdre de temps, dit Mimi, venir avec moi… Sinon, tu t'en iras loin et moi je verrai plus la grande image.

Elle ne comprit pas exactement ce qu'il entendait par grande image, mais elle savait l'essentiel : son désir de le suivre où qu'il aille, d'échapper à la pension, et même aux disputes quasi quotidiennes avec Richard.

Elle dit avec un sourire radieux :

– C'est quand tu veux !

Au dernier moment toutefois, alors que Mimi Siku enjambait la fenêtre, elle se ravisa :

– Attends une seconde, j'ai oublié quelque chose.

Elle déverrouilla la porte de sa chambre et disparut quinze ou vingt secondes avant de revenir chargée d'une mallette en cuir. Elle referma derrière elle.

– J'ai vu Richard avec ça tout à l'heure dans sa chambre…

Elle l'ouvrit sans difficulté. Les liasses de billets étaient toujours là, en petites piles épaisses, rassurantes dans leurs liens.

Mimi Siku eut une mimique d'impatience. Une bouffée d'inquiétude le traversa.

– Palikou dire à Mimi pas bon argent.

– En tout cas, avec ça, on pourra prendre l'avion, dit Sophie en refermant soigneusement la mallette.

– Et où elle est passée cette emmerdeuse ? grogna Richard Montignac.

– Dans sa chambre, répondit sèchement Marie.

Mère et fille ne s'étaient pas réconciliées, et Marie Montignac continuait à bouder devant la télévision, faisant semblant de suivre avec attention le dernier épisode de la première saga des *Cœurs brûlés*. Jonathan était assis sur ses genoux. Il suçotait un cornet de glace à la vanille.

Comme Richard se levait pour monter à l'étage, le téléphone se mit à sonner.

Il décrocha.

C'était la voix de maître Joanovici. Richard en éprouva presque du soulagement.

Marie prêta une oreille distraite au monologue qui suivit :

– Oui... L'argent ? Bien sûr que nous avons la somme... Dans une demi-heure... C'est d'accord. Non bien sûr, pas la police, quelle police d'abord ?... Vous êtes fou !

Il raccrocha.

– Et le père à casse-couilles qu'est pas encore revenu, conclut-il.

Cette fois, il grimpa l'escalier et alla tambouriner à la porte de Sophie.

– Sophie, c'est moi, ouvre !

Pas de réponse.

– Mais ouvre, nom de Dieu, il faut que je te parle.

– Elle ne répond pas ? interrogea Marie Montignac au bas des marches.

– Très perspicace, confirma Richard. Ah ! elle commence à me gonfler sérieusement celle-là. Soso, je te dis d'ouvrir tout de suite !

Un silence, puis :

– Bon, tu l'auras voulu !

Prenant son élan, Richard Montignac se rua alors contre la porte. Le poids de ses quatre-vingt-dix kilos suffit à ébranler le battant, mais sans le faire céder. Et il dut s'y reprendre à deux fois avant d'être catapulté à travers la chambre. Emporté par son élan, il faillit passer par la fenêtre dont les rideaux seuls combattaient la fraîcheur du soir.

Il se retint de justesse, s'écrasant contre le mur dans un choc sourd.

– Oh merde, c'est pas vrai ! explosa-t-il... Elle s'est tirée, tu entends Marie, Soso s'est tirée.

Il dévala les marches quatre à quatre et sortit dans le jardin. Au loin, un bruit de moteur pétaradant s'éloignait vers Paris, se fondait dans la nuit parfumée.

Il poussa jusqu'à l'embarcadère. Le dinghy n'était plus là. On lui avait substitué un canoë deux places qui tanguait sèchement contre le ponton.

À n'en pas douter, Sophie et Mimi Siku s'étaient enfuis ensemble. Il aurait toujours dû s'en méfier. Un Indien qui vit avec une mygale, bouffe du Kitekat au petit déjeuner, et fume de l'herbe, ça ne pouvait pas entretenir autre chose que des idées tordues.

Découragé, il regagna la maison d'un pas lourd, n'aspirant plus qu'à une chose : un sommeil profond, l'oubli, la désintégration, surtout pas de rêves, le néant.

Il allait se servir une autre rasade de J and B lorsque les phares de la Cherokee annoncèrent le retour de Stéphane.

À l'air consterné qui se peignait sur les visages de Richard et Marie Montignac, celui-ci comprit à demi-mot.

– Mimi, risqua-t-il…

– Il vient de se tirer avec Sophie et mon dinghy, annonça Richard d'une voix morne… Là, ils ont fait fort…

Stéph ne sut quoi répondre dans un premier temps, puis reprenant ses esprits :

– Tu les as vus… ils allaient dans quelle direction ?

– Paris, mais tant pis ! on s'en fout… Joanovici a téléphoné, les russkof nous attendent.

– J'appelle la police ! déclara Marie en se précipitant vers le téléphone.

– La police ? s'exclama Richard, mais t'es folle, tu veux peut-être qu'ils nous demandent des comptes sur les 800 000 dollars en liquide qu'il y a dans la mallette. Eh ben, on serait pas dans la…

Il s'arrêta net.

– La mallette !… je l'avais posée sur le lit…

Comme mû par un ressort, il bondit vers l'escalier et grimpa jusqu'à sa chambre.

Du salon, Stéphane, Marie et Jonathan l'entendirent pousser un hurlement qui s'acheva en un gargouillis déchirant. Puis, Richard Montignac redescendit, pâle comme la mort, la sueur aux tempes.

– Ils… ils ont emporté la mallette, bégaya-t-il… Y a plus rien !

Le crachotement du moteur dans la nuit noire faisait un petit bruit rassurant. Sophie avait insisté pour conduire le dinghy, et, tenant Mimi Siku par la main, elle naviguait à vue entre les berges de la Seine, ne laissant derrière elle qu'un sillage vite refermé.

Jamais elle n'avait été si heureuse. Mimi avait posé sa tête sur ses genoux. Le vent du soir caressait ses boucles brunes, et déposait sur son visage, après la touffeur du jour, une touche d'humidité rafraîchissante.

Mimi laissait déjà vagabonder son imagination, se voyait débarquant dans le carbet de Palikou avec Sophie… Lorsque le ronronnement du moteur cessa brusquement.

– Cassé ? demanda-t-il.

Sophie ôta le bouchon du réservoir pour vérifier le niveau d'essence du hors-bord. Il était vide.

– Plus d'essence, annonça-t-elle.

– Pas grave ! Nous aller sur petite île, dormir et repartir avec le soleil.

Il désignait une plate-forme boisée au beau milieu de la Seine, et que la vitesse acquise du dinghy leur permettrait d'aborder.

Sophie acquiesça. Elle avait l'impression de jouer dans un épisode d'*Indiana Jones*. Avec Mimi Siku, elle se sentait en tout cas en sécurité. Il ne pouvait rien leur arriver. Ensemble, ils étaient invulnérables. Et aucun dieu ni aucun homme ne changerait jamais rien à cela.

Zigzaguant sur la Seine, le canoë de Richard Montignac et de Stéphane Marchado donnait l'impression d'un bateau ivre. Assis à l'avant, Stéph pagayait de toutes ses forces, tandis que la main de Richard, assis à l'arrière, engourdie par le froid, se faisait de plus en plus lente à l'effort.

– Eh ! lança Stéphane, tu pourrais mettre la main à la pâte... je le sens bien que tu rames plus.

– J'y peux rien, se défendit Richard, je suis gelé !

– Fais un effort, ils ne doivent plus être très loin maintenant. Ces petits moteurs ont un réservoir dont l'autonomie est très limitée.

– Mais, j' te dis que j'ai les mains complètement glacées.

– Eh bien, console-toi, ça veut au moins dire que t'as encore tes doigts.

Richard rentra la tête dans les épaules. Ses doigts étaient rouges et gonflés, douloureux au toucher. Il bougonna :

– N'oublie pas que je serai pas le seul à me les faire couper... Et tout ça à cause de ton petit singe.

– Quoi ? s'énerva Stéphane Marchado, tu veux répéter...

– J'ai dit : "tout ça à cause de ton petit singe", récidiva Montignac.

– Écoute, Richard, si tu traites Mimi encore une seule fois de singe, j' te casse la gueule...

– Bon, te fâche pas... Je m'excuse.

– En tout cas, enchaîna Stéph, c'est sûrement pas lui qui a eu l'idée de piquer le pognon. Cette idée-là, ça ne peut venir que d'une femme. Et puis, Mimi ne sait même pas ce que c'est que l'argent...

– Dis donc, tu serais pas un peu en train d'accuser ma fille. Pourtant on dit : "malin comme un singe".

Richard Montignac évita de justesse le fouettement de la pagaie, mais au prix d'une contorsion qui faillit rompre l'équilibre instable du canoë.

– Merde, mais qu'est-ce que tu fais ? râla Stéphane, tu veux nous coller à la baille ?

– Là-bas ! cria Richard

Un court instant, Stéphane crut à une diversion. Mais non, Richard avait bien aperçu le dinghy échoué au flanc d'une petite île boisée qui déviait momentanément, à cet endroit, le cours du fleuve.

Malgré la raideur de ses doigts, Richard Montignac se mit alors à pagayer avec énergie.

17

Accroupis autour du feu de brindilles, Mimi Siku et Sophie Montignac s'observaient en silence par-dessus les flammes qui éclairaient leurs visages de rougeoiements fantastiques.

Ils n'avaient pas été longs à découvrir la petite clairière qui se trouvait au centre de l'île. Spacieuse, à l'abri du vent, elle jouxtait un souterrain de cinq à six mètres de large dont la bouche d'ombre semblait ouvrir sur des profondeurs chtoniennes.

Trempant son doigt dans une pâte blanchâtre, Mimi Siku acheva les peintures indiennes qu'il venait de dessiner au front de Sophie. Il avait commencé par lui enduire le visage de roucou, et maintenant il lui parlait doucement en wayana invoquant les divinités protectrices dont grand-père Mouloukou lui avait enseigné le secret.

Quand tout fut terminé, il contempla son œuvre, et, satisfait du résultat, s'agenouilla auprès d'elle.

– Maintenant, dit-il, toi choisir un nom !

Soso hésita :

– Euh… je ne sais pas, Mimi, trouve-le pour moi…

Pipi-de-Chat réfléchit longuement en la regardant droit dans les yeux, puis, comme s'il avait attendu une inspiration venue d'ailleurs, un nom jaillit spontanément sur ses lèvres :

– Oukoumi ! dit-il

– Oukoumi ? Qu'est-ce que ça veut dire ?

– Oukoumi veut dire : bruit de la pluie sur l'eau de la rivière.

Sophie éclata de rire.

– Au moins, commenta-t-elle, on ne pourra plus dire que j'ai peur de me mouiller.

Il allait l'embrasser lorsqu'un craquement sec se fit entendre. À quelques mètres seulement du brasier.

Mimi Siku posa un doigt sur les lèvres de l'adolescente, tous sens aux aguets. Puis, sans faire le moindre bruit, il s'empara de sa sarbacane et disparut dans la nuit, abandonnant Sophie à une solitude angoissante.

Quelques secondes plus tard, un juron fusa d'un bouquet d'arbres.

– Nom de Dieu, Stéph, il nous tire dessus.

– Mimi, cria la voix de Stéphane Marchado, c'est Baboune, arrête tes conneries !

Stéph et Richard émergèrent lentement dans la lumière de la clairière, Pipi-de-Chat sur leurs talons. Hagards, ils avaient l'air de deux otages récemment libérés.

– Laisse-moi avec Oukoumi ! ordonna Mimi Siku.

– Oukoumi… je t'en foutrai des oukoumi, moi, grommela Richard Montignac en chargeant comme un taureau furieux sur sa fille. Où t'as mis la mallette ?

Sophie se redressa, dévoilant à son père horrifié les peintures wayana que Mimi Siku lui avait appliquées sur le visage.

Elle désigna la mallette posée à même le sol.

– Il n'y a vraiment que ça qui t'intéresse… Tiens, le voilà, ton pognon !

– Et voilà pour toi, rétorqua Richard en lui assenant une gifle magistrale, celle-là tu l'as pas volée.

– Ça suffit, Richard, plaida Stéphane, calme-toi maintenant. Ça ne sert à rien.

– Toi, je t'emmerde !… Tu entends, je t'emmerde, laisse-moi régler mes histoires de famille !

Cette fois, c'en était trop. Fonçant sur Richard Montignac, Stéph le plaqua au sol avec la détermination d'un joueur de rugby dans une mêlée du Tournoi des Cinq-Nations.

– Ah ! je t'emmerde, cracha-t-il en écrasant sa carotide… Non, c'est toi qui vas arrêter de m'emmerder. Ça fait vingt ans que je rattrape tous tes coups foireux, vingt ans que je me tue à t'apprendre le métier, vingt ans que tu me chies dans les bottes, vingt ans que tu fais chier ta femme, que tu fais chier ta fille, que tu me fais chier !…

Richard avait blêmi, incapable de prononcer la moindre parole d'autodéfense. Sa poitrine se soulevait au rythme d'une respiration saccadée. Humilié. Il se dégagea doucement et se redressa tandis que Stéphane relâchait sa prise. Toussa pour s'éclaircir la voix, à demi étranglé.

– Eh bien, messieurs, dit une voix, on dirait qu'il était grand temps que nous arrivions…

La voix de Constantin Joanovici.

Il se tenait debout au milieu de la clairière. Trop occupés par leur querelle, ils ne l'avaient pas entendu arriver.

Des phares s'allumèrent à contrechamp de sa silhouette épaisse, engoncée dans un imperméable qui bâillait sur son estomac proéminent. Il avait toujours son bandage à la main gauche, mais à présent, sa main droite elle aussi était enveloppée de pansements.

Il s'avança vers eux dans un dandinement d'obèse, bientôt rejoint par Pavel Kouchnoukatzé et la glaciale Sonia qui fumait nonchalamment un cigarillo.

– Mes amis commençaient à trouver le temps long, dit-il, alors madame Montignac nous a très gentiment renseigné sur l'endroit où vous pouviez vous trouver.

– Je vous préviens que si vous avez touché à un cheveu de ma femme ou de mon fils, glapit Richard Montignac, c'est pas vos doigts dont je m'occuperai…

Un cri guttural les obligea à faire volte-face.

L'homme au pied-bot qui les avait servis au restaurant letton tenait Sophie par l'épaule, un pistolet-mitrailleur Uzi braqué sur sa tempe. Stéph balaya du regard l'espace de la clairière. Mimi avait disparu.

– Vous êtes cinglé, beugla Richard Montignac, complètement cinglé. Laissez ma fille tranquille, le voilà votre pognon, et maintenant fichez…

Il n'eut pas le temps d'achever sa phrase. Il y eut comme une vibration dans l'air moite, un sifflement aigu et une flèche vint transpercer l'épaule de l'homme au pied-bot. Le Letton poussa un cri rauque et lâcha une rafale d'Uzi qui décapa le so... moussu.

Sophie en profita pour se dégager et courir vers le souterrain où s'était réfugié Mimi Siku, tandis que Stéphane se précipitait pour les rejoindre.

– Dépêche-toi, Baboune ! cria alors Mimi Siku.

Sonia Kouchnoukatzé braqua alors son 9 mm dans leur direction, mais elle eut beau vider son chargeur, les balles ne massacrèrent que les troncs d'arbres alentour, faisant gicler des gerbes d'écorce.

Richard, terrorisé, s'apprêtait à imiter Stéphane lorsque deux bras se refermèrent en tenailles autour de lui.

Pavel Kouchnoukatzé !

Le Letton le fixait d'un air goguenard et féroce, le dominant largement d'une tête.

– Alors, monsieur Montignac, grasseya-t-il… Vous toujours enculasser nous ?…

Les mains ficelées derrière le dos, Richard Montignac n'en menait vraiment pas large. En sectionnant plusieurs doigts de Constantin Joanovici, Pavel Kouchnoukatzé avait suffisamment prouvé qu'il pouvait mettre ses menaces les plus barbares à exécution.

– Écoutez, dit-il, vous avez l'argent maintenant, qu'est-ce qu'il vous faut de plus ?

– Nos amis n'aiment pas être doublés, intervint Joanovici… Or, c'est bien ce que vous vous apprêtiez à faire, n'est-ce pas ?

– Mais non, ce sont les gosses qui…

– Allez lui expliquer ça ! À moins que vous ne préfériez que Sonia s'occupe de vous. Elle a des spécialités charmantes. Par exemple, elle n'a pas son pareil pour arracher les ongles avec un maximum de doigté.

Richard Montignac eut une déglutition pénible.

– Monsieur Kouchnoukatzé, reprit Joanovici, est beaucoup trop respecté dans le monde des affaires pour se faire pigeonner par deux crétins comme vous. Même s'il a récupéré l'argent, il est obligé de vous donner une leçon qui servira d'exemple à tous ceux qui seraient tentés à l'avenir de vous imiter.

– Ah bon, acquiesça Richard, et qu'est-ce qu'on fait en attendant ?

– On attend justement. Igor, vous savez, le pied-bot, il n'a pas son pareil pour y voir dans l'obscurité. Il nous ramènera vos amis, ou alors il les liquidera… Il faut bien avouer qu'il est d'humeur changeante.

À présent que le piripiri faisait son effet, ils n'avaient plus aucun mal à se repérer dans l'obscurité du souterrain. Et si la situation n'avait pas été dramatique, ils auraient probablement beaucoup ri de se voir soudain transformés en chats nyctalopes. Mais la situation ne leur inspirait franchement pas un humour débordant.

Ils poursuivirent leur progression droit devant eux. Les moindres bruits, dans ces anciennes galeries minières, déployaient une résonance maximale, comme en plongée sous-marine. Ainsi de la claudication du Letton au pied-bot qui se propageait à travers le souterrain en claquements sinistres.

– Il faut trouver une autre issue, dit Stéph, c'est notre seule chance.

– Par là, fit Mimi Siku avec assurance.

Il désignait une galerie transversale.

– Pourquoi par là ?

– Grand-père Mouloukou grand esprit, lui guider moi, dit Mimi Siku.

Ils s'engagèrent dans la galerie. Les parois suintaient d'humidité. Ici et là, on apercevait des poutres qui avaient dû servir pour l'étayage des galeries du temps où l'on exploitait encore la mine. Au bout de deux ou trois cents mètres enfin, un rai de lumière apparut. Mimi poussa un cri de victoire.

– Baboune, Baboune, j'ai trouvé la sortie !

Il courut dans la direction d'où s'épanchait la lumière. Sophie et Stéphane le virent disparaître dans l'obscurité, puis le rai de lumière s'évanouit brutalement lui aussi, et plus rien. Qu'un silence de tombe. On n'entendait même plus le martèlement du pied-bot sur le sol. Peut-être avait-il abandonné la poursuite…

Stéph se mit à appeler :

– Mimi !… Mimi !…

Pas de réponse.

– Mimi ! cria à son tour Sophie.

Un bruit de pas se fit alors entendre dans la direction où avait disparu Mimi Siku. Précédé d'un faisceau lumineux qui rasait le sol avec l'acuité d'une tête chercheuse. Mais le bruit des pas avait quelque chose de sec et d'irrégulier dans son tempo, un claquement aisément identifiable.

Apparut alors le Letton au pied-bot, précédé de Mimi Siku qu'il tenait en respect avec son Uzi. Le rai de lumière qu'avait aperçu Pipi-de-Chat provenait en fait d'une lampe-torche, et le Letton s'en était servi pour attirer l'adolescent dans un piège. Sans doute était-il parvenu à trouver un raccourci au hasard des galeries pour pouvoir les prendre à revers.

Igor Kopotka affichait un sourire sardonique. Un peu de sang continuait à couler de sa blessure à l'épaule, maculant l'acrylique de son blouson d'été. Malgré la fraîcheur qui régnait dans le souterrain, il transpirait à grosses gouttes.

– Par ici, monsieur Marchado, ordonna-t-il en lui indiquant la galerie principale qu'ils venaient d'emprunter. Je suis persuadé que M. Kouchnou-katzé a très envie d'avoir une petite conversation avec vous.

– Avancez ! dit Kopotka. Et ne vous retournez pas, au moindre geste j'abats le mioche !

Stéphane et Sophie se mirent en marche vers l'entrée du souterrain qui, quelques minutes plus tôt, leur avait semblé la seule issue vers une survie possible.

Derrière eux, le Letton tenait toujours fermement Mimi Siku serré contre lui.

La rage au ventre, Stéphane ne pouvait s'empêcher de songer que c'était à cause de lui et de Richard s'ils en étaient là. C'étaient eux qui avaient mis Sophie et Mimi Siku en danger, eux qui, par la maladresse de leur comportement, les avaient poussés à s'enfuir, eux qui, fascinés par l'argent, avaient préféré réussir une belle transaction plutôt que d'assumer leurs responsabilités de pères. Et voilà où ils en étaient.

Tout en avançant vers l'extrémité de la galerie s'ouvrant sur la clairière, il devinait l'angoisse de Mimi, une angoisse qui, aujourd'hui, était devenue la sienne. Et en ce moment, il eût donné n'importe quoi pour se racheter et serrer Pipi-de-Chat dans ses bras. Il pourrait même emmener Sophie à Lipo-Lipo s'il voulait, l'épouser à la mode indienne, s'installer dans un carbet et manger du bouroudou du matin au soir. Tout, pourvu qu'ils sortent sains et saufs de cette impasse.

Au bout de la galerie, il y avait comme une lumière pâle qui insistait. Des étoiles scintillaient. Ils étaient presque arrivés au bout du voyage. Stéphane se surprenait à imaginer le pire. Richard et Joanovici avaient été assassinés, et maintenant ç'allait être leur tour. Les Lettons ne laisseraient pas de trace derrière eux. Ils récupéreraient la mallette aux 800 000 dollars, et rentreraient paisiblement par le premier vol en partance pour Moscou.

Opération blanche, avec cinq cadavres à leur actif, si l'on considérait que Marie et Jonathan avaient été laissés en vie. Un cauchemar !

Derrière eux, le Letton pressait le mouvement.

– Allez, avancez !

Ils débouchèrent bientôt du souterrain. Tout était calme autour d'eux. La Mercedes de location de Pavel Kouchnoukatzé était toujours garée en lisière de la clairière, on en distinguait la calandre surmontée du sigle Mercedes. Le feu crépitait dans la nuit. Mais ni Richard, ni Joanovici, ni Sonia n'étaient plus là. Volatilisés.

Flairant un piège, Igor Kopotka se mit alors à appeler en letton, puis en russe.

Il ne s'attendait certes pas que ce fût une voix qui lui répondît en français.

Une voix off qui clamait :

– On ne bouge plus !

Ils eurent beau écarquiller les yeux, la voix semblait ne provenir de nulle part. Ils promenèrent un regard ahuri autour d'eux. Lorsque quelque chose, enfin, bougea dans les fourrés. Le canon d'un pistolet-mitrailleur apparut, suivi d'un autre, puis des silhouettes commencèrent à émerger de la nuit, toutes revêtues d'uniformes de la Gendarmerie nationale. À l'exception de Richard dont la veste découpée en lanières au rasoir semblait indiquer qu'il avait eu à subir la hargne de Pavel Kouchnoukatzé.

Les premiers coups de feu avaient dû attirer l'attention des habitants les plus proches, lesquels s'étaient chargés de donner l'alerte.

Stéphane pivota franchement vers le Letton qui hésitait encore à obéir à l'injonction du commissaire de police.

– Alors, ducon, lança-t-il d'un air goguenard, tu la poses ta pétoire... Et puis, lâche mon fils !

Lentement, comme à regret, Kopotka desserra son étreinte, et libéra Mimi Siku. Se dégageant avec violence, celui-ci courut alors se réfugier dans les bras de Stéph.

Bouleversé, Stéphane Marchado serra son fils contre lui tandis que Sophie se jetait au cou de Richard.

Ce fut ce moment-là que choisit Igor Kopotka pour relever le canon de son Uzi.

Comme dans un film au ralenti, Stéphane entendit alors le commissaire qui hurlait, puis une rafale claqua dans l'air moite, suivie de beaucoup d'autres. Mais lui avait déjà plongé au sol, tournant le dos au Letton pour protéger Mimi Siku des balles qui giclaient du mini-Uzi. Il entendit un cri déchirant, puis un chargeur d'arme automatique se vida lentement dans la nuit comme pour un baroud d'honneur.

Tout à coup, le silence revint, et on n'entendit plus, pendant deux ou trois secondes, que les échos affaiblis d'une circulation lointaine, que le murmure du fleuve qui s'écoulait paisiblement autour de l'île.

– Baboune ! murmura Mimi... Toi aller bien !

– Ça va, grimaça Stéph dans un sourire, ça va, mon bonhomme.

Et il le serrait à l'étouffer contre lui, les larmes aux yeux.

Pendant que Pipi-de-Chat le regardait avec étonnement… Baboune pleurait.

18

Dans la salle de restaurant de l'aéroport de Roissy, Mimi Siku observait avec tristesse l'Airbus 340 d'Air France qui le ramènerait en Amérique du Sud. Sur le tarmac, des colonnes de fourmis voyageuses s'avançaient par petits groupes en direction des grosses abeilles de métal dont les ailes frémissaient sous un soleil de plomb.

Assis en face de lui, le front bas, Stéph tentait désespérément de trouver les mots qui pourraient le consoler de ce double déchirement. En vain. Les mots le fuyaient comme un étalon devant l'orage. En rentrant à Lipo-Lipo, Mimi savait qu'il abandonnait Stéph pour une durée indéterminée, mais également Sophie qui, effondrée, avait préféré s'enfermer à Neuilly, bien que Richard eût annoncé qu'il renonçait à la pension Bouli.

– Tu viendras à Lipo-Lipo ? demanda Pipi-de-Chat pour la énième fois.

– Je viendrai, c'est promis, dit Stéph en lui caressant la joue.

Mais l'adolescent secouait la tête avec dépit.

– Tu viendras jamais à Lipo-Lipo.

– Mais si, seulement laisse-moi un peu de temps.

– Toi jamais venir à cause du travail, comme Sophie. Toujours travail…

– N'aie pas peur, Mimi, elle t'écrira.

– Sais pas lire…

– Maman Palikou t'apprendra…

– Et Charlotte, tu vas te marier avec Charlotte ?

Le regard de Stéphane se perdit dans le vague.

– Je sais pas… Oui, sans doute…

– Pourquoi ?… Toi pas heureux avec elle…

Stéph ne répondit pas. Il n'avait nullement l'intention de gâcher les précieuses minutes qui leur restaient. Qui pouvait savoir, en effet, quand il pourrait retourner à Lipo-Lipo !

Mimi se mit à farfouiller dans son sac. Puis, il en sortit la petite sarbacane dont il s'était servi pour tuer le pigeon de madame Godet.

– Tiens, dit-il, cadeau pour toi. Quand toi savoir t'en servir, être vrai Indien wayana.

Ému autant qu'amusé, Stéphane accepta le petit cylindre de bambou.

– Moi aussi, j'ai un cadeau pour toi, Mimi, tu l'ouvriras dans l'avion…

Il lui tendit un gros paquet maladroitement ficelé. Répéta :

– Dans l'avion seulement !

Mimi avait l'œil embué et son cœur caracolait sous le tee-shirt Coca-Cola. Stéph lui glissa un mouchoir dans la main pour s'essuyer les yeux, mais Pipi-de-Chat se leva brusquement.

– Moi être un homme maintenant, pas pleurer...

Stéph se leva à son tour et le prit dans ses bras. Mimi se blottit contre lui. Puis, lentement, comme au ralenti, le jeune Indien se détacha et s'éloigna sans se retourner vers la salle d'embarquement.

Quand Stéphane Marchado, vingt minutes plus tard, regarda s'envoler l'Airbus d'Air France, il eut pour la première fois l'impression d'être coupé de lui-même. Jusque-là, il avait toujours formé une entité à part, autonome. Mais aujourd'hui, tout avait changé. Il ne pensait plus un, mais deux ! Plus un, mais deux !... Plus un, mais deux !...

Il mit quatre jours à sortir de l'ombre, à recommencer à vivre à peu près normalement. Au grand soulagement de Charlotte qui s'inquiéta seulement de le voir jouer avec une sarbacane à travers l'appartement.

Mais aucune nouvelle heureuse ne parvenait à l'arracher au souvenir de ces quelques jours passés avec Pipi-de-Chat. Ni l'annonce d'une remontée spectaculaire des cours du soja – Pékin avait décidé de maintenir son embargo – et qui le faisait désormais considérer par les milieux boursiers comme un petit génie de la finance – on le soupçonnait d'avoir lui-même provoqué l'effondrement des cours ! Ni la proposition de François Roustan d'aller occuper un bureau de la compagnie à Stockholm avec doublement de salaire et augmentation de ses commissions. Ni le retour de Charlotte qui lui avait pardonné sa soirée mariachis. Rien.

Pendant trois jours, il ne brancha même pas le Toshiba portable pour suivre les cours de l'or à Londres, Tokyo ou Hong Kong.

Richard Montignac lui-même s'inquiétait de cette apparente léthargie.

– Tu te laisses aller, Stéph, c'est jamais bon, tu sais…. Pense plutôt au boulot. Si ça se trouve, ce gosse t'a déjà oublié… Il est retourné avec sa mère maintenant, et tu sais comment sont les bonnes femmes, elle va s'empresser d'effacer tes empreintes…

Stéphane n'avait rien répondu. Il savait que l'empreinte ne s'effacerait pas.

– Alors, comment tu la trouves cette robe ? demanda Charlotte, ça fait huit jours que j'attends ton avis…

Stéphane Marchado leva à peine les yeux pour répondre :

– Géniale !…

D'un ton désabusé.

Charlotte soupira gravement, et vint s'agenouiller auprès du fauteuil où Stéph compulsait d'une main lasse le dernier numéro de *Paris-Match*.

– Écoute, chou, tes papiers de divorce sont arrivés du Venezuela, on peut se marier le 14, Dong a tout recalculé, c'est magnifique, non ? Qu'est-ce qui ne va pas ?…

– Formidable, murmura Stéphane.

– Bon, on a traversé un *koan* à potentiel dépressif, mais c'est pas la mort. D'ailleurs, Dong est prêt à nous aider à régénérer nos chakras, n'est-ce pas, Dong ? Tu sais, je crois que ce serait bien s'il passait quelques jours avec nous…

Apparut un Dong méditatif qui tenait dans sa main un pot de rillettes. Il sortait de la cuisine. Sa robe orangée était constellée de taches de ses derniers repas.

– C'est vrai ce que dit Charlotte, confirma Dong, mais il va falloir que tu t'investisses à fond, Stéph. Régénérer des chakras fermés depuis plusieurs incarnations peut-être n'est pas une mince affaire. Je…

Il arrêta brusquement sa péroraison. Stéphane Marchado refermait déjà la porte de sa chambre, tenant à la main un sac de toile. On l'entendit un court instant farfouiller dans la cuisine. Puis, il réapparut, visage détendu, presque souriant.

– Qu'est-ce qui se passe ? articula Charlotte d'une voix cassée par l'émotion.

– Mais rien, fit Stéphane, rien du tout…

Il s'éloignait à reculons vers la porte.

Il les regarda tous les deux une dernière fois avec une sorte de tendresse amusée, puis il prononça d'une voix calme :

– Je crois que ce serait bien, en effet, que Dong passe quelques jours ici…

Stéphane Marchado, coincé dans un embou-teillage nocturne qui bloquait la porte Dauphine, décrocha son téléphone de voiture et composa le numéro de Richard Montignac. Par chance, ce fut Richard qui répondit.

– Richard ?

– Stéph... ben, qu'est-ce que tu fous, t'es pas encore parti pour Stockholm ?

– Ça ne saurait tarder... Dis-moi, à quand la reprise des cours pour Sophie ?

– Euh, je sais pas moi... Dans trois semaines...

– Parfait, alors dis-lui de boucler son sac, je passe la prendre dans une demi-heure.

– Et pour aller où ?

– Dis-lui qu'on ira voir sa grande image ! Elle comprendra...

Il raccrocha. La certitude ancrée en lui que, de toute sa vie, il n'avait pris une décision pouvant lui procurer autant de bonheur.

Sur le siège arrière de la BMW, la sarbacane de Pipi-de-Chat reposait sagement à côté du sac de toile.

Dans la lumière tamisée du carbet, Mimi Siku suivait du bout des doigts le texte que maman Palikou lui faisait répéter chaque matin depuis trois jours.

Il buta sur un mot, puis reprit d'une voix grave :

– … ne se sentant plus de joie, le corbeau ouvre un large bec et laisse tomber sa proie… Le renard s'en saisit et lui tint à peu près…

La sonnerie du téléphone portable que Baboune lui avait offert le jour de son départ interrompit sa récitation.

Mimi Siku appuya avec précaution sur le bouton de mise en fonction.

– Mimi ?

Le visage de Pipi-de-Chat s'illumina.

– Baboune !… Baboune !…

– Tu vas bien, Mimi ?… Tu sais, je fais des progrès avec ta sarbacane… Hier, j'ai tué une mouche à cinq pas au moins !

Mimi fronça le nez.

– Menteur !…

– Tu me crois pas, hein ?… Tu veux que je te montre ?

– Quand ça ?… Un jour, quand tu viendras…

– Tout de suite si tu veux…

En entendant les hurlements de joie poussés par les enfants du village, Mimi laissa tomber le portable et sortit précipitamment du carbet, tandis que Patricia allait s'accouder à la fenêtre.

Ébloui par le soleil, Mimi Siku mit alors quelques secondes à repérer les deux silhouettes qui débarquaient d'une pirogue à l'entrée du village.

Sa poitrine se gonfla jusqu'à la limite de l'asphyxie.

La première tenait un portable à la main, et également un autre objet dont la surface réfléchissait une lumière aveuglante : une superbe casserole en Inox. Quant à la seconde, elle ne portait rien d'autre qu'un tee-shirt aux armes d'Euro-Disney, mais ce détail suffit à Mimi pour l'identifier. Il sentit que la terre tremblait de bonheur sous ses pieds.

À cinquante mètres à peine, la main qui tenait la casserole s'agita joyeusement.

– Baboune, murmura Mimi…

En voyant Sophie courir au milieu du village pour se jeter dans les bras de Pipi-de-Chat, Stéphane Marchado hésita à s'élancer à sa poursuite. Ils méritaient bien quelques instants d'intimité. Tout leur temps même… Lui-même avait jeté symboliquement sa montre en arrivant à Cavanayo. Dans le fleuve. Comme s'il se fût agi d'une offrande destinée à lui attirer la bienveillance des dieux.

« Pas de problème, c'est zazen », avait-il pensé à ce moment-là.

Son sac sur l'épaule, il se mit lentement en marche, escorté par les cris des enfants et les sourires des Indiens.

Et c'est lorsqu'il la vit qu'il réalisa à quel point il avait tout son temps désormais. Treize années exactement à rattraper.

Immobile dans la lumière qui baignait Lipo-Lipo, Patricia resplendissait dans sa cushma indienne, assise sur les marches de son carbet au côté de l'énorme Pontsipic.

Il sentit son pouls s'accélérer. Patricia lui fit un signe de la main dans le soleil qui ruisselait tout autour d'elle, craquelant la terre.

Plus embarrassé qu'un collégien, Stéphane Marchado répondit alors en agitant sa casserole à bout de bras, réalisant trop tard la signification de son geste.

Patricia s'était déjà mise en marche.

Lorsqu'elle fut tout près de lui, elle demanda seulement :

– Tu as encore oublié quelque chose ?

– Oui, murmura Stéph... De vivre...

Patricia se pencha alors à son oreille.

– On peut peut-être arranger ça ! souffla-t-elle.

Castor Poche

Des livres pour toutes les envies de lire,
envie de rire, de frissonner, envie
de partir loin ou de se pelotonner dans un coin.

Des livres pour ceux qui dévorent.
Des livres pour ceux qui grignotent.
Des livres pour ceux qui croient ne pas aimer lire.
Des livres pour ouvrir l'appétit de lire et de grandir.

Castor Poche rassemble des textes du monde
entier ; des récits qui parlent de vous mais aussi
d'ailleurs, de pays lointains ou plus proches, de
cultures différentes ; des romans, des récits, des
témoignages, des documents écrits avec passion
par des auteurs qui aiment la vie, qui défendent
et respectent les différences. Des livres qui abor-
dent les questions que vous vous posez.

Les auteurs, les illustrateurs, les traducteurs
vous invitent à communiquer, à correspondre
avec eux.

Castor Poche
Atelier du Père Castor
4, rue Casimir-Delavigne
75006 PARIS

Castor Poche

A chacun ses intérêts, à chacun ses lectures.

9 séries à découvrir :
Aventures
Contes et Fables
Connaissances
Fantastique et Science-fiction
Histoires d'Animaux
Humour
Le monde d'Autrefois
Mystère et Policier
Vivre Aujourd'hui

Castor Poche
Une collection qui s'adresse à tous les enfants
Benjamin : dès 3/4 ans
Cadet : dès 5/6 ans
Junior : dès 7/8 ans
Senior : dès 11/12 ans

Castor Poche, des livres pour toutes les envies de lire pour ceux qui aiment le mouvement, voici une sélection de romans d'aventure.

1 **Akavak** Junior
par James Houston

A quatorze ans, Akavak l'Esquimau entreprend un périlleux voyage pour accompagner son grand-père de l'autre côté des montagnes glacées du Grand Nord canadien. Ce garçon courageux et tenace, ce vieil homme plein de sagesse arriveront-ils à bout des souffrances, des privations, des dangers?

2 **L'arbre à voile** Junior
par Wanda Chotomska

En Pologne, un groupe d'enfants d'une cité dortoir, découvre un grand peuplier. Grâce à lui, ils vivent de merveilleuses aventures jusqu'au jour où des hommes arrivent pour abattre «leur» arbre. Les enfants réussiront-ils à le sauver?

3 **L'eau secrète** Junior
par Marie-Claude Roulet

Marie, Luc et Louis vivent une enfance limousine et sauvage au cœur de la nature. Le corbeau qui «sait» parler, la grotte du «Baobab», les parapluies fantastiques et l'eau partout présente, font vivre aux enfants des aventures où la réalité côtoie le rêve...

7 **Du soleil sur la joue** Junior
par Marilyn Sachs

Nicole vit une enfance joyeuse entre sa petite sœur et ses parents, dans la ville d'Aix-les-Bains. En 1939, Nicole n'a pas onze ans quand elle voit partir son père à la guerre. Tout commence à changer autour d'elle... Comment Nicole fera-t-elle face aux dangers qui les menacent, elle et les siens?

10 **Un été aux Arpents**   **Junior**
par Alan Wildsmith

Quand la famille quitte la ville pour s'installer dans une vieille ferme au milieu de la forêt canadienne, les trois aînés se réjouissent à l'idée d'explorer leur nouveau domaine. Exploration qui va révéler bien des mystères. Quelles sont ces traces dans l'herbe ? Quels sont ces bruits étranges qui retentissent dans la nuit ? Comment les enfants réussiront-ils à percer le secret de la vieille cabane ?

12 **Jonathan Livingston le goéland**   **Senior**
par Richard Bach

Jonathan Livingston n'est pas un goéland comme les autres. Sa passion c'est de voler toujours mieux, toujours plus haut. Il refuse de se comporter comme tout bon goéland qui vole uniquement pour se nourrir. Chassé du clan, condamné à une vie de hors-la-loi, il poursuit pourtant son entraînement jusqu'au jour où il rencontre d'autres adeptes du vol libre...

15 **Le passage des loups**   **Junior**
par James Houston

La famille de Punik, l'Esquimau, est en train de mourir de faim lentement. Il ne reste plus rien à manger dans le campement. Punik, qui a tout juste treize ans, décide de partir à la recherche des troupeaux.

Comment, pendant six jours et six nuits, le jeune garçon avancera seul dans la plaine gelée, allant de souffrance en souffrance, jusqu'au moment où il se trouve face à un couple de loups...

Castor Poche Connaissances

Une nouvelle série
à partir de 8/9 ans.

Castor Poche Connaissances
Des petits « poches » à lire d'un trait
ou à prendre et à reprendre.
Des textes pour stimuler la curiosité,
pour susciter l'envie d'en savoir plus.

Castor Poche Connaissances
En termes simples et précis,
des réponses à vos curiosités, à vos interrogations.
Des textes de sensibilisation
sur des notions essentielles.
Les premières clés d'un savoir.
Des sujets variés.
Le sérieux de l'information
allié à la légèreté de l'humour.
Un ton alerte et vivant.

Dans chaque ouvrage,
un sommaire et un index détaillés permettent
de se référer rapidement à un point précis.

C1 Bon pied, bon œil ! (Junior)
Notre santé
par Lesley Newson

Quels sont les moyens de défense et de reconstruction de notre organisme ? Que se passe-t-il à l'intérieur de notre corps lorsque nous avons la varicelle ? Ce guide concis et vivant nous permet d'en savoir plus sur les microbes, les virus, les bactéries et... sur nous-mêmes.

C2 Comme un sou neuf ! (Junior)
La bataille contre la saleté
par Lesley Newson

Qu'est-ce que la saleté ? Comment agissent le savon, les détergents ? Une approche, à la fois scientifique et vivante des questions d'hygiène, qui nous informe avec précision et humour, et nous aide à combattre la saleté sur notre corps, sur nos vêtements, dans nos maisons et dans nos villes.

C3 La marche des millénaires (Senior)
A l'écoute de l'Histoire
par Isaac Asimov & Frank White

Parce qu'il traite autant des modes de vie et de l'évolution des techniques que des faits dits historiques, ce livre transforme le domaine parfois rebutant de l'Histoire en une matière vivante et attrayante. Les connaissances historiques sont mises en relation avec les grandes préoccupations d'aujourd'hui, et deviennent du coup captivantes.

C4 Sale temps pour un dinosaure ! (Junior)
Les caprices de la météo
par Barbara Seuling

Comment se forme un grêlon ? En quoi une tornade diffère d'un cyclone ? Quelle est la température la plus chaude jamais enregistrée sur terre ? Qu'est-ce que la foudre ? Mille informations sur le temps et la météorologie sont regroupées dans ce petit livre, qui dissipent les interrogations et ... éclaircissent notre ciel !

Cet
ouvrage,
le cinq cent
dixième
de la collection
CASTOR POCHE,
a été achevé d'imprimer
sur les presses de l'imprimerie
G. Canale & C. S.p.A.
Borgaro T.se - Turin
en mai
1995

Dépôt légal : juin 1995.
N° d'Édition : 18100. Imprimé en Italie.
ISBN : 2-08-164150-X
ISSN : 1147-3533
Loi n° 49-956 du 16 juillet 1949
sur les publications destinées à la jeunesse